Le printemps peut-être

Léna Furlan

Le printemps peut-être

Éditions Slatkine
GENÈVE
2025

Cet ouvrage a été publié avec le soutien de
la Fondation Leenaards et de
la Ville de Lausanne

Ville de Lausanne

Les Éditions Slatkine bénéficient d'un soutien
de l'Office fédéral de la culture
pour les années 2021-2025.

www.slatkine.com

ISBN 978-2-8321-1366-0

À Lisa

I

Quand j'étais petite, je voyais beaucoup d'incendies au bord de l'autoroute.

Il y avait des maisons qui brûlaient. Des usines. Au milieu des champs.

J'appuyais mon front contre la vitre et je regardais la fumée noire s'échapper dans le ciel.

J'imaginais les sirènes des pompiers. L'agitation.

Pourtant tout avait l'air immobile. Figé.

Hier soir on s'est promenées dans la forêt à la tombée de la nuit. Ça nous a pris d'un coup. En contemplant les restes de houmous, les miettes de chips, la peau blanche du salami éparpillés sur la nappe à carreaux du jardin, l'idée est venue naturellement. On s'est levées et on est allées marcher. Nos pieds ont pris le sentier, le béton était devenu bleu avec la lumière. Ils nous ont portés à l'orée du bois ; d'abord l'odeur familière des chênes américains qui le bordent, puis elles se mélangent toutes, l'humidité, la douceur, la fin de l'été. Nos ombres dessinées si nettement sur le chemin se sont perdues dans l'obscurité, on est entrées.

La pénombre aquatique entre les arbres, leurs murmures. Les feuilles craquent sous nos pieds. De temps en temps un bruit d'animal à quelques mètres. Un fouillis précis, des pattes qui détalent. On s'arrête net, les yeux rivés là où l'on a cru l'entendre. Combien sont-ils à nous observer, tapis entre les troncs, invisibles ?

Se retourner et découvrir le sentier plongé dans le noir, son extrémité disparue. La route s'efface. Sentiment de crainte mêlé au reproche d'avoir peur. Je me suis imaginée courir pour sortir du bois.

Anna me lance des feuilles mortes, on se poursuit entre les sapins. Nos jambes sautent par-dessus les souches, les pieds se prennent dans les ronces. On rit sans échanger un mot. Tous les poids dans la poitrine se soulèvent avec la mousse sous nos semelles. J'engage un combat d'épée avec une branche cassée, Anna réplique avec une plus grosse. Je brise la sienne en morceaux malgré tout.

Deux fois, un tronc comme un humain accroupi. Le cœur battant. Le bruit d'un motard plus loin nous ramène à la réalité. Déboucher sur la route, la lumière du soir, douce, presque éteinte, les lampadaires, phares de voiture au loin. Ils éclairent le haut des arbres, ronds.

On se rappelle que des toxicomanes viennent se piquer pas loin, vers la clairière. Un bruit dans les fourrés, on se prend par le bras en riant nerveusement. Marcher plus vite, des miettes de branches humides encore collées aux paumes.

La ferme des Bolomey comme une maison dans un conte, les carrés lumineux de ses fenêtres éclairent la nuit et ses murs de lierre. On parle en chuchotant pour ne pas briser le silence de l'obscurité qui tombe. Les grillons.

Souvenir de l'été passé, les promenades avec la chienne Neva dans le coucher du soleil doré, les champs de blé, la rivière, le ciel encore pigmenté d'azur, mon grand T-shirt rouge. J'ai l'impression de voir les photos de ces balades, mais je sais qu'on n'en a pris aucune.

Les champs baignent sous le ciel bleu foncé parsemé de nuages, on voit les maisons allumées, on devine l'intérieur par les fenêtres. Des maisons de poupées, vides.

On a cru voir une étoile, mais c'était un avion.

En arrivant dans le jardin, il y en avait des vraies au-dessus de nos têtes.

Le goût du souchong fumé dans la bouche, je me lève pour chercher un short. Le soleil a pris dix degrés depuis ce matin. Dernier jour d'un été mouillé à quatorze degrés, peut-être que je vais enfin bronzer. J'enfile le short de foot de la Roma, taille dix ans, qui appartenait à Virgilio. C'est une des pires tenues que je n'aie jamais assemblées.

Anna fait du ménage dans son salon, j'attrape un livre, retour dans le jardin.

Je ne veux plus voir ses yeux verts dans mes rêves. Figés dans la nuit, morbides, mortels. Partout où je pose mon regard ils apparaissent dans le noir, imprimés sur ma rétine. Ils flottent au-dessus de mon lit.

Je ne veux plus rien savoir de la douceur des débuts, de nos nuits sans sommeil, des caresses infatigables, de son sourire comme une lune.

Je ne veux plus voir son sourire de rapace, ses dents qui brillent dans les ténèbres comme celui du chat du pays des merveilles. Il me fait frissonner.

Dans l'obscurité, j'ai la nausée.

Va-t'en.

La lumière d'août, celle de la rentrée, s'est installée ce matin. On l'a tout de suite sentie quand elle a touché la table, éclairé la nappe, coloré le café de sa lueur particulière. Fidèle à sa température, sa douceur, sa franchise et ses odeurs. Fraîche sans être froide, les ombres encore poreuses, idéale, précise.

Pourtant, tout est différent.

Les cloches sonnent midi à midi huit. Les gants de jardin entre deux pots de fleurs, le cendrier, le thé sur la langue, la brise. Un avion passe dans le ciel, une image de hamac m'effleure l'esprit. Fermer les yeux, respirer. Bientôt ce sera le retour au travail, le stress remplacera l'air dans mes sinus.

Je n'ai pas de rentrée officielle cette année. Juste un travail alimentaire dans une boutique de sacs. Une pause entre un bachelor en sciences sociales pas convaincant et un master indéterminé. Un an pour travailler sur des projets personnels, sur des dossiers pour entrer dans des universités.

Je voudrais refaire le trajet de l'école primaire jusqu'à la maison, à quinze heures quarante-cinq, voir les bâtiments teintés de presque or, blancheur douce, n'avoir ni chaud ni froid, de nouveaux cahiers dans le nouveau sac à dos, la tête et les idées renouvelées, stimulées, tranquilles. Prendre le goûter avec un cacao froid ou un sirop et raconter ma journée à maman.

Anna sort dans le jardin en peignoir, linge noué autour du front.

– T'arrives à travailler ?

– Non, je n'écris pas ce que je devrais.

Un sourire.

– Il fait froid, elle dit.

– Pas au soleil.

Je baigne encore dans mes rêveries de rentrée.

– Je pourrais t'emprunter des sous-vêtements en sortant de la douche ?

Elle hoche la tête, puis on rigole en pensant à la même chose. J'ai déjà une dizaine de culottes chez elle, qu'elle m'a volées dans mon appartement.

– Tu peux même m'emprunter une des tiennes, elle rit en rentrant par le salon.

Mon pantalon est taché, je ne sais pas comment c'est arrivé. Les tortillas d'hier ? J'espère que ça part à la machine.

Je voudrais une tenue neuve pour aller à l'école, avoir dix ans et manger des TamTam au chocolat.

Les étudiants prennent leurs pauses sur les marches du bâtiment en face de ma cuisine. Ils allument leurs cigarettes sous le blanc du ciel et forment ensemble un nuage de fumée et de conversations éparses. Je crois que c'est une école de commerce. Je les observe se séparer en groupes divers, mais ils se ressemblent tous. Doudounes noires et casquettes enfoncées sur le front. Il y a plus de garçons que de filles. Ça dépend des jours.

Les couples s'embrassent toujours langoureusement sur les escaliers. Ils se parlent de si près, ils s'embêtent, se mettent à courir pour pouvoir se rattraper et continuer leurs embrassades.

La sonnerie doit retentir sans que je l'entende parce que les groupes n'en forment plus qu'un qui se presse vers la porte. Les marches se vident petit à petit. Une des paires d'amoureux échange une dernière caresse, la fille entre avec les autres mais le garçon ne bouge pas.

Bientôt il ne reste que lui et un autre type, les mains dans les poches. Eux aussi sont habillés de la même manière. Ils ont fini leur cigarette mais ne rentrent pas dans le bâtiment, ils se font face. Je mets de l'eau à bouillir pour mon thé.

Le vent soulève leurs vestes bombées. J'ai l'impression qu'ils se disputent. Ils se parlent de très près. De minuscules bulles se forment au fond de ma casserole. Je me demande si c'est à propos de la copine du premier. Ou si c'est une histoire de cours. Ils sont vraiment très proches.

Les arbres nus de la cour font danser leurs bras secs. Il faudrait que je nettoie bientôt ma fenêtre, la pluie des derniers jours a laissé des traces grises sur toute sa surface. Le premier garçon glisse ses mains dans les poches de l'autre, je m'approche de la vitre, surprise.

Ils s'embrassent.

Ils ont une couleur particulière, on dirait celle des oliviers, à la fois la teinte du bois noué et celle de la chair intensément verte de ses fruits. Ils seraient capables de m'absorber entièrement avec leurs pupilles félines. Son sourire dévoile une rangée de dents blanches. Je pourrais me dissoudre tant il est charmant. Je n'arrive pas à maîtriser le rouge qui chauffe mes joues. Il le remarque et une douceur naît dans ses yeux.

Ses doigts glissent le long de mon avant-bras. Le temps s'est arrêté dans le café à moitié désert. Dehors, le jour s'éteint en brûlant, l'odeur du repas du soir s'échappe de la cuisine au fond de la salle. Les heures coulent. Il me parle de la grange qu'il a récupérée dans les Préalpes, elle appartenait à son grand-oncle qui était chevrier. Désormais lui l'utilise comme atelier pour ses projets, il y passe tout son temps. Il touche à tout, il me dit, à la photo, à la peinture, à la sculpture.

Il me raconte les photographies qu'il a prises en Argentine cet été, la friabilité du sable et la *couleur de l'horizon. Il est tellement lyrique parfois que j'aurais envie de rire. Je me retiens. Nos pieds s'effleurent sous la table.*

Une pièce et demie dans la zone industrielle, fenêtre sur une école de commerce et sur l'avancée des travaux qui retournent la rue. Ils construisent un métro. Tout l'ouest de la ville sera mieux desservi, bien relié au centre. Dans cinq ans. Ce sont des travaux qui prennent beaucoup de temps, qui font beaucoup de bruit et qui mangent le voisinage. Quand ils seront terminés, je n'habiterai plus ici. Anna a tiré le gros lot en choisissant d'habiter à la campagne, elle a le droit à deux pièces entières, au jardin et à la forêt pas loin.

Ici il y a une terrasse sur le toit, à partager avec la vieille dame du premier étage, le monsieur du quatrième et la famille du troisième. Seule la femme âgée y passe du temps. Elle arrose chaque plante, chaque mauvaise herbe et remplit des soucoupes d'eau pour les merles. Tous les chats de la rue s'y retrouvent. C'est une grande surface recouverte de dalles et d'air pur, au-dessus de la pollution, envahie de végétation et de soleil. Le sol de mon appartement est un vieux plancher qui couvre toutes les pièces, même la salle de bains. Par endroits le bois gondole.

À peine entré, on arrive sur un couloir aménagé, un portemanteau, un grand miroir et une commode.

Un petit canapé râpé en velours rose, une table en bois branlante, deux chaises autour de celle-ci et un tabouret. Un bouquet de fleurs violettes nage dans un vase posé au milieu de la table, entouré de pétales séchés et de lettres administratives dont je n'ai pas encore compris l'utilité ou le sens, mais que je n'ose pas jeter. La pièce s'éclaire de guirlandes lumineuses scotchées aux murs entre deux posters et d'une lampe ronde. À gauche, la salle de bains étroite, avec une baignoire. À droite, une porte, celle de ma chambre et, en face de celle-ci, la cuisine.

La cuisine aux murs de catelles bleues criblés de cartes postales diverses, achetées dans des musées ou reçues pendant les vacances d'été, ne laisse pas de place pour plus d'une personne. Deux plaques et un four qui sent le fromage à raclette quand on l'allume. La fenêtre donne sur un long bâtiment gris et la cour d'école. Les arbres se balancent en continu le long de la rue, même quand le vent ne souffle pas. Au printemps, ils explosent de verdure et la rue fleurit, en hiver ils ressemblent à des grands-mères aigries.

J'ai pris de chez mes parents l'arbre à piment que j'avais fait pousser. Ses feuilles se courbent avec l'hiver, mais il a meilleure mine que les trois pots de plantes aromatiques qui l'entourent. Le basilic est tout simplement mort. Je continue à l'arroser quand même, on ne sait jamais.

— Bonjour !

Ma voix enthousiaste retombe dans le silence. La vieille femme me fixe par-dessus ses lunettes en verre fumé. Pas de réponse. Je serre les dents derrière mon sourire. Elle avance lentement dans le magasin, faussement nonchalante ou réellement nonchalante, je n'en sais rien. Sac luxueux à la main, elle écoute ses talons claquer sur le linoléum. Je contourne la caisse, viens me placer derrière le meuble à accessoires.

– Si vous avez une question ou besoin de renseignement, n'hésitez pas.

La phrase sort de manière automatique, je module, j'allonge la fin de « question », fait semblant d'ajouter le «ou de renseignement» comme si c'était spontané et laisse en suspension le « n'hésitez pas », oscillant entre un point et un point d'interrogation.

Dehors les gens défilent, pressés mais pas trop. Certains prennent le temps de réajuster leur coiffure dans le reflet de la vitrine, d'autres hésitent à entrer en regardant les modèles exposés. La chaleur colle au dos.

– Celui-là, vous l'avez en noir ?

La vieille aux lunettes fumées me regarde, agacée. Un doigt comme une branche se tend vers un sac à main. Un sourire plastifié sur mon visage, expliquer que non, malheureusement, ce modèle n'existe qu'en bleu.

Le silence, encore.

– Vous ne l'avez pas en noir ?

Respirer, tendre les lèvres, je m'imagine déjà reproduire la scène à ma collègue en bas. Parfois l'impression d'être coincée dans une boucle.

– Je vais vérifier à l'arrière.

La vieille hoche la tête, triomphante, laissant enfin sa bouche se fendre en une fine ligne qui doit ressembler à un sourire.

Je descends les marches, retenant un soupir qui pourrait être trop bruyant. J'aimerais sortir ce soir.

Le silence.

Le silence, c'est ça le problème, on a oublié d'allumer la radio. J'ouvre la porte du stock, la pénombre sent le cuir. Les sacs se serrent les uns contre les autres, un carton au sol. Les nouveaux autocollants pour la vitrine. Je traverse la pièce sans rien faire, il n'y a pas de sac noir, je le sais bien.

Se souvenir d'enclencher la musique une fois que la vieille sera partie. Je remonte les escaliers, boire un spritz sur la terrasse, ça pourrait être bien ce soir. Il fait trop froid ?

– Je suis désolée, nous n'avons pas de sac noir. Au revoir, bonne journée.

Je lance une radio aléatoire sur Spotify. Le soleil perce jusque dans la vitrine. L'odeur du café monte depuis l'étage du bas. C'est bientôt la pause.

Son appartement montre une partie d'elle qu'on ne devinerait pas au premier regard. Il est brun, cuir, bois, dorures. Miroirs anciens, tables basses et chaises design. Tapis en peau de vache. Des tableaux, des lampes vintage. Et des plantes, pas toutes en bon état.

La lune a disparu derrière le cadre de la porte.

Anna vit ici quand elle ne vit pas chez moi. Un endroit où elle est elle, sans moi.

Il y a un silence, interrompu par un chien qui aboie de temps en temps, le murmure d'une radio à l'étage, aussi.

Elle est allée faire des courses, j'y suis seule.

Envie de partir loin.

S'en aller. Dans une grande ville aux lumières d'automne et aux boulevards bordés d'arbres.

La rentrée est déjà loin, on s'enfonce dans le quotidien.

Empêtrée dans les mêmes schémas.

Anna ouvre la porte.

Un baiser sur mon front. Ses doigts effleurent mes joues. Un sourire aussi franc que le printemps. La tendresse infinie dans ses yeux verts.

Je l'aime jusqu'à me perdre.

Il me dit qu'il m'aime comme il n'a jamais aimé personne.

Entre nous comme rien d'autre.

Un ciel d'été dans la poitrine.

Le ciel oscille entre le rose pâle et l'orange, d'une douceur infinie. Les cosmos violets se détachent contre celui-ci, sans contraste. De l'autre côté, des chrysanthèmes jaunes se balancent lentement dans la brise. Silencieux, trois oiseaux en ombres chinoises passent au-dessus de ma tête. Les couleurs se fondent tellement bien les unes dans les autres, elles s'harmonisent sans angles, sans être aiguës. Je n'entends pas la route en bas, ni les travaux plus loin. Comme une bulle, seulement le vent dans les feuillages. La lumière ne décline pas. Je respire.

Dix-huit heures quarante-deux.

J'attends Anna.

Dans quelques minutes, je remonterai avec elle, fromages et flûtes sur un plateau, spritz à la main. On parlera de tout et de pas grand-chose, en équilibre entre bonheur et désespoir. Entre nos journées au travail, la reprise des cours pour elle, les derniers ragots et une psychanalyse de notre enfance.

Mais là, il n'y a que moi. Et ce chat noir qui apparaît derrière un pot.

Le paysage comme une respiration.

Je regarde encore une fois les cosmos et les chrysanthèmes, puis je descends.

Nous sommes nées le vingt-cinq mai. J'ai deux ans de plus. Deux anniversaires vécus sans Anna. Je ne m'en souviens pas. À partir de là, ça a toujours été deux pour le prix d'une. Cadeau commun. Les gens pensent qu'on est jumelles. On ne se ressemble pas tant que ça. Ni les mêmes traits ni la même chevelure. Mais un air de famille, très fort. Les mêmes expressions, la même tonalité de voix, les mêmes modulations. Grand-maman qui dit « C'est Ada ou Anna ? » chaque fois qu'on l'appelle.

On incline la tête de la même manière quand on dit bonjour.

Anna fait trois centimètres de plus que moi. Des boucles. Des yeux qui virent au vert.

Je fais trois centimètres de moins. Des cheveux lisses. Des yeux qui virent au noir. Le même sourire, le même air agacé.

– J'ai encore vu le chat noir tout à l'heure.

Les miettes de flûtes se collent à mes dents, les grains de sel roulant sur ma langue.

– Ce n'est pas celui du voisin.

Anna hoche la tête.

– Bizarre, il doit vivre dans l'immeuble d'à côté.

Le ciel passe au rouge, les nuages bougent, se mettant le feu les uns aux autres. J'avais oublié que le goût du spritz efface momentanément les problèmes.

On a décidé de se voir un peu moins souvent, pour éviter de se fondre l'une dans l'autre. On a encore eu une de nos discussions, ou disputes, ce n'est jamais très clair. Depuis qu'on a quitté la maison, on a tendance à se voir encore plus souvent. Même quand on n'en a pas envie.

Partager les mêmes amis, les mêmes habits, la même famille, la même question récurrente : « Tu crois que les gens nous voient comme les sœurs M. ou comme deux personnes à part entière ? Ada et Anna M. Anna et Ada M. »

Qu'est-ce qu'on en a à faire, finalement ?

– Simon met des heures à me répondre, ça me frustre.

Je tourne la tête.

Quand tout va bien pour elle sentimentalement, rien ne va pour moi, et inversement. C'est une tendance qu'on a remarquée depuis quelque temps. Il semble impossible qu'on soit en couple au même moment. Cet été on a fêté le fait qu'on soit célibataires simultanément pour la première fois depuis six ans. Une semaine après, Anna se mettait avec Simon.

Elle boit une gorgée de spritz.

Il commence à faire froid, octobre s'impose. Les glaçons ne fondent pas dans nos verres. Je marmonne : « C'est vraiment un con, tu lui en as parlé ? »

La lumière décline rapidement, bientôt le changement d'heure, dans quelques semaines il fera entièrement nuit. Simon ne veut rien entendre, il dit qu'elle est parano. Elle ne veut plus en discuter.

Je remplis nos verres, un tiers de faux Aperol, deux tiers de faux prosecco. Les glaçons sont toujours intacts. On regarde les étourneaux survoler la route, les voitures bruyantes qu'on n'entend même plus, les livreurs sur leur vélo.

Des souvenirs de l'année passée par vagues, c'est l'effet de l'air glacé, des étoiles trop tôt, les pieds gelés. Ça fera bientôt un an. Je sais qu'Anna pense à la même chose que moi. Je lui jette un coup d'œil pour être sûre, on se regarde en souriant tordu. Un léger rire nerveux. Elle murmure :

– Je sais.

On se perd chacune dans nos pensées, le silence ne nous a jamais dérangées. On pourrait presque dessiner la ligne de réflexion de l'autre, tant on la connaît. Je tracerai Simon comme point de départ puis frustration, l'année passée, désillusion, essayer de ne pas y penser, retour sur Simon, penser à me poser une question pour briser le silence quand même.

– Il faut que je t'avoue un truc. Les gens continuent à raconter n'importe quoi sur nous. Je l'ai entendu par Lucie.

Je serre les dents.

– C'est une obsession, c'est maladif, je souffle. Ils ont rien de mieux à faire de leur vie ?

Anna hoche la tête.

– Je sais. Ils continuent à raconter des rumeurs stupides, ils disent même qu'il veut porter plainte, qu'il y aura un procès. C'est Hermance qui invente tout.

On soupire d'un même souffle.

– Je ne comprends pas comment ils peuvent croire à des choses pareilles.

Des conneries. *Vous ne savez pas ce qu'ont fait les sœurs M... Ce qu'a fait Ada...* Le soleil couchant s'éteint derrière le Jura. Les lampadaires, comme une douche pour les moucherons, éclairent la route sans détour. La voix nasillarde d'Hermance dans la tête, elle s'infiltre partout. Crache des mensonges à qui croise son chemin, elle se nourrit de la vie des autres.

– Il ne faut pas faire attention, on s'en fout.

J'acquiesce en silence. J'ai envie de crier. Mais on s'en fout.

Les gens n'aiment pas voir des liens indestructibles. Ils voudraient pouvoir s'en mêler, les emmêler, les tordre, les séparer. Ils n'aiment pas savoir qu'ils ne peuvent rien faire contre cela. Comme cela.

Peut-être sont-ils jaloux, ils voudraient un allié, un coéquipier, une sœur.

Quelqu'un qui les défende coûte que coûte.

Qui sorte les crocs.

L'orchidée s'est fanée sans que j'en comprenne la raison.

Je l'avais pourtant arrosée.

Je comprends mieux pourquoi ma grand-mère ne les aime pas. La mienne semblait en pleine forme puis ses fleurs se sont transformées en papier froissé. Ses feuilles sont encore belles.

Ma grand-mère a une bibliothèque remplie de petits pots d'orchidées.

Je crois que c'est ma tante qui les lui offre à chaque visite.

Sous les paupières je vois des flammes danser. *Je te déteste.* Une main en l'air, figée, comme une photo. Pour toujours. Je ne saurais dire si les jours s'écoulent lentement ou rapidement depuis. Presque trois cents. Je n'aurais pas dû boire autant de café cet après-midi, ça tourne à mille à l'heure dans ma tête.

Le sol est froid. Je glisse de nouveau ma jambe sous le duvet. Je n'ai plus envie de fermer les yeux, je sais ce que j'y trouverai.

La lumière des lampadaires filtre sous mes stores traçant des lignes lumineuses sur le plancher. Le reste de la chambre est plongé dans la pénombre. Je distingue mes chaises, des vêtements avachis par-dessus, les cahiers sur mon bureau, ouverts sur des théories quantiques, des dessins gribouillés dans les marges. Des femmes fleurs, des montagnes, des carrés. Mon ordinateur abandonné sur le fauteuil. Une de mes fausses plantes est tombée du mur il y a quelques jours, je ne l'ai toujours pas raccrochée.

Mon lit paraît immense pour moi seule. J'ouvre d'une main le store. La lumière apparaît, la rue aussi. Elle est déserte. J'ouvre la fenêtre en imposte, puis l'autre store. L'air nocturne s'engouffre. La rue n'est pas déserte finalement. Il y a une prostituée qui attend devant la cour de l'école de commerce, à côté du feu de circulation.

Elle danse sur un pied, puis sur l'autre. Les mains dans les poches de sa doudoune, sa queue de cheval qui se balance dans le dos. Elle frissonne sous le fond de teint, à travers ses collants en toile d'araignée. Elle bouge les lèvres. Peut-être qu'elle chante, je ne l'entends pas. Il y a peu de voitures. Leurs phares éclairent la route comme des yeux fous, parfois viennent peindre mon plafond l'espace d'une seconde. Elles ne s'arrêtent pas. Le brouillard sort des buissons, il caresse le sol.

Une voiture ralentit, la fille s'approche en souriant, la fenêtre de la porte avant descend, elle s'y accoude.

La Renault redémarre sans passagère. La prostituée lance un majeur dans sa direction, puis elle retourne près du feu de circulation. Les bras croisés contre sa poitrine.

Il fait froid. Je croise moi aussi les bras contre ma chemise de nuit. Plus aucun véhicule ne passe. La fille fait des tours sur elle-même, elle laisse sa tête basculer en arrière. On ne voit pas les étoiles, seulement la brume, éclairée par les immeubles. Le feu clignote, orange.

La fille s'est remise à danser, tanguer sur une jambe puis l'autre.

Un renard sort de derrière les buissons. Furtif, fin, presque gris, presque brun. Il court, s'arrête. Il regarde la prostituée, tourne la tête. Je me fige. Il continue sa course, traverse la route dans un silence absolu. J'oublie de respirer.

Dernier coup d'œil à la rue vide, au brouillard serpentant, à la fille appuyée contre le panneau du parking, au feu clignotant. Je referme la fenêtre puis les deux stores.

Retour au lit, dans la pénombre de la chambre.

Je jurerais que le renard m'a regardée.

Ses mains tracent des courbes dans les airs, le pinceau appuie sur la toile. La couleur se déverse, elle roule, s'aplatit. Elle gicle.

Il s'essuie le front, laissant une marque bleue sur la peau. La sueur coule quand même sur les tempes, les cheveux humides.

Je tourne sur mon tabouret, le monte, le descends. L'odeur chimique de la peinture me plaît, je l'associe à lui. Contre les murs de la grange, les toiles s'entassent. Inachevées ou trop finies. Des photos argentiques sèchent sur le fil qui tranche la pièce en deux, un œil flou, des pieds dans du sable, une bouche qui rit.

La poussière danse dans les rayons de lumière qui filtrent du plafond, elle retombe sur les sculptures en papier mâché abandonnées qui jonchent le plancher. Je gratte la couche durcie sur la table, la couleur entre sous mes ongles.

De temps en temps, il se tourne vers moi pour me sourire. Il abandonne son tableau, puis ses mains sur mon corps. Le goût de la peinture sur la langue, la transpiration salée.

Il fait froid dans l'atelier.
La théière siffle sur la plaque.
On se mélange.
Ses yeux verts dans la lumière.

Je repasse et je repasse. J'essaie de faire défiler les images dans ma tête, de rejouer tout, seconde par seconde, mais rien ne vient. Rien que la nuit. L'odeur. La chaleur. Puis c'est tout.

Je m'acharne. Plus je me concentre pour m'accrocher à une minute plus elle me file entre les doigts, comme prise dans un torrent impossible à ralentir. Mon cerveau se noie. Pourtant, le soir, quand je ferme les yeux, je ne vois plus que ça.

Le client qui tournait en rond vient finalement poser un porte-monnaie sur le comptoir. Ça fera soixante-cinq francs, s'il vous plaît.

Allongées sur le lit d'Anna, un éclair au chocolat dans le ventre qui se mélange aux nouilles de légumes. Seule la guirlande lumineuse est allumée. On écoute de la musique les yeux fermés, puis on rit, on fait onduler nos bras dans les airs. Les pieds dans des chaussettes de laine tricotées par grand-maman.

Je ne sais plus quel âge on a.

L'odeur du café dans la cuisine de sa mère. Elle est partie travailler. Ses bras m'enlacent par-derrière, réchauffent ma taille. Je souris les yeux fermés. Son odeur dans mon cou. Les matinées se ressemblent mais je ne m'en lasse pas. Il ouvre la fenêtre, son premier joint au bord des lèvres. Parfois je voudrais lui demander si c'est vraiment nécessaire, mais je sais qu'il vaut mieux que je me taise, ça l'agacerait. Sa mauvaise humeur fait grésiller les murs.

Son profil se découpe derrière la vitre, le nez cassé, ses longs cils au regard vert, la fumée les disperse et vient se perdre dans sa chevelure, s'élève dans le ciel. Je me cale à mon tour face à lui, sur le rebord. Il me sourit et entrelace nos doigts. Nuée de papillons s'envole dans mon estomac.

Loin de la surface, la lampe comme un point blanc qui ondule. La voix d'Anna en boucle. *Ça ne sert à rien de regretter, c'est tout ce qu'il méritait, tu le sais.* Les cheveux flottent, je n'entends plus la chanson qui sort de mon haut-parleur, les guitares. Je ne sens plus la chaleur des flammes. Je ne respire plus la peinture chaude. Les muscles se détendent contre l'émail. J'oublie.

Puis il faut inspirer de nouveau.

Mes doigts font défiler les visages, les sourires, les phrases d'accroche, les prénoms, les clins d'œil. Dario, Eva, Riad, Léon, Laurie, mes pouces balancent leur image à droite ou à gauche. Match. Un nom de plus dans ma liste, un hellohello qui s'ajoute, un Ada c'est un joli prénom, tu viens d'où ? Salut t'es belle laisse-moi être celui qui te fait supprimer Tinder, coucou. Je ne réponds pas, je les laisse s'accumuler sans savoir ce que je cherche. Je continue à faire valser les photos d'un côté et de l'autre.

Puis d'un coup, c'est lui.

C'est vraiment lui.

Son sourire trop blanc, ses yeux trop verts. Son prénom.

Je quitte l'application.

Mes mains ne s'arrêtent pas de trembler.

– Mais est-ce qu'on l'a fait ?

– Tais-toi, Ada, je n'en sais rien.

Je lui lance un regard noir.

– T'as pas à me parler comme ça.

Anna m'ignore, elle marche vite. Les voitures nous frôlent le long de la route, par une fenêtre un groupe de garçons hurle quelque chose dans notre direction. Je n'ai pas compris, mais je sais qu'il faut que je leur lance un majeur. Je voudrais cracher à Anna qu'elle n'a pas le droit de me cacher des choses, qu'elle n'a pas le droit de me mentir, qu'elle n'a pas le droit de me faire la gueule sans raison, qu'elle n'a pas le droit de passer ses angoisses sur moi, qu'elle n'a pas le droit de garder pour elle des secrets qui pèsent trop lourd pour ses épaules, qu'elle n'a pas le droit. J'insiste encore, les dents serrées.

– Ce n'est ni le moment ni l'endroit. On va en soirée, Ada, c'est quoi ton putain de problème ?

Je t'ai répété des milliards de fois que je n'en savais rien. On a vu les mêmes choses, t'étais là avec moi.

Le sac de bières scie légèrement ma paume. Le brouillard dans mes pensées. Depuis cet après-midi, Anna est de mauvaise humeur. Ça arrive trop souvent. J'essaie de creuser pour comprendre, pour la réconforter, mais ça ne sert à rien. Elle a une manière de me frotter la culpabilité au visage sans m'en dire un mot. D'agir comme si elle savait quelque chose que j'ignorais, et que je devais la ménager au maximum, que je n'étais qu'une ignorante. Qu'on parle de cuisine, d'art, de sentiments, de culture, de cinéma ou de cette nuit-là, elle pense qu'elle sait toujours mieux que moi.

Parfois je lui crierais bien qu'elle est ma petite sœur.

Je parle mais j'ai l'impression qu'il ne m'écoute pas. Ses yeux sont perdus dans l'herbe. Autour de nous, les enfants jouent, les vélos passent, les couples s'embrassent. Le parc est toujours agité les samedis après-midi. Je lui raconte ma semaine, lui fait part de mon manque d'inspiration pour la fin de la nouvelle que je suis en train d'écrire, j'aimerais qu'il me demande de quoi elle parle, qu'on invente ensemble des coups de théâtre, qu'il me rassure ou qu'il me taquine, mais il ne dit rien. Il est absorbé par tout le reste. Par les autres. La tristesse me monte aux yeux, mais c'est ridicule, il est juste distrait. Je tapote sa main du bout de mes doigts.

– Tu m'écoutes ?

Il ne répond pas. J'ai du mal à avaler ma salive. Je murmure son prénom, il tourne la tête.

– Ada, s'il te plaît, je suis concentré, je réfléchis au format du tableau que je veux glisser dans mon portfolio.

Depuis quelques jours, je me sens comme une langue brûlée par le thé. Anesthésiée. Picotée. Mon corps semble sortir d'une crise de larmes, abruti. Desséché.

Pourtant ça fait longtemps que je n'ai pas pleuré.

Le sang pulse comme une balle magique contre ma tempe droite. Envie de vomir. La bouche sèche. Je sens la lumière crue qui filtre sous mes stores, mais je n'ai pas la force d'ouvrir les yeux. Peut-être que si je me rendors quelques heures la douleur aura disparu.

Je ne sais pas si je me suis rendormie ou non. Le soleil blanc envahit la pièce. J'aurais dû boire plus d'eau hier soir, ou moins de bière.

Les bribes de la veille ressemblent à celles du week-end passé, du week-end d'avant, et celui du précédent. Des nuits gelées, nos bouches jouent entre fumée et buée, les pieds glacés dansent dans la nuit. On discute de nos journées, de choses sans importance puis de celles qui martèlent nos vies, on remet tout au même niveau, on lisse, on conseille, on compatit, on enrage. Il y a Lucie, Anna, Raffaelle, Margot, souvent Élisa ou Sarah. On rit, j'oublie, on chante. Parfois on quitte le square et on va boire un verre en ville ou danser dans un club.

Puis, comme toujours à la fin de la soirée, Anna se met à éviter mon regard de l'autre côté du cercle, elle se referme, a l'air de mauvaise humeur sans que je comprenne pourquoi, elle a envie de rentrer. Le trajet du retour, côte à côte, les mâchoires serrées, sans s'adresser la parole. Le lendemain ça aura disparu.

Jusqu'à la prochaine dispute. Jusqu'à ce qu'on décide une nouvelle fois qu'il faut qu'on mette de l'espace entre nous, qu'on se voie moins pour plus apprécier les moments qu'on passe ensemble. Puis comme à chaque fois, après quelques jours de distance, on se retrouve et on continue à vivre côte à côte jusqu'à la suffocation. Jusqu'à l'overdose.

La mauvaise humeur d'Anna tue tout, elle asphyxie. Mais quand elle est joyeuse, il y a des fleurs qui naissent de ses sourires, et j'oublie.

Elle est déjà partie ce matin, ne laissant qu'un oreiller froissé.

Je pousse un cri de joie en ouvrant l'e-mail. Un frisson parcourt mon corps entier, ça y est, ils ont dit oui, ils ont dit oui ! Je n'y crois pas. Après trois mois d'attente, ils ont dit oui. J'ai envie de rire, de sauter sur place, de danser, de le serrer dans les bras. Il ne se retourne toujours pas.

– Ils ont dit oui ! Ils vont publier ma nouvelle dans le prochain numéro, je lance en chantonnant.

Il se tourne enfin vers moi, les mains pleines de glaise, il a oublié de sourire ? Il n'a pas compris ce que je viens de dire ? Ses lèvres s'étirent péniblement en rictus.

– Bien joué.

Garder la face, ne pas me laisser affecter. Ma joie vient de descendre six pieds sous terre. Non, non, c'est super, c'est incroyable, j'ai tellement hâte de l'annoncer à Anna.

– Je suis trop contente, je continue à dire. C'est un magazine vraiment prestigieux, tu sais, celui dont je te parlais il y a quelques mois ?

Il n'y a aucune émotion dans ses yeux verts, ni dans son sourire mou.

– Trop cool.

Il retourne à sa sculpture. Pas de « Je pourrais la lire ? », pas de « Félicitations », pas de « Il faut fêter ça », pas de « Tu le mérites bien » : « Trop cool ». J'ai la bouche sèche.

— On a dit qu'on n'en parlerait plus jamais.

Anna trempe son croissant dans le cappuccino. La lumière dorée contre les angles des bâtiments. Un arrière-goût de dispute, de café et de fatigue. Il n'y a pas de vent, mais de minuscules cristaux brillent sur la table de la terrasse. Les dernières feuilles sont tombées, elles flottent dans le bol d'eau laissé aux merles. Elle a gelé cette nuit, puis refondu avec les rayons de soleil matinaux. Anna est allée chercher des croissants à la boulangerie, c'est gentil. Je devrais rester furieuse contre elle, mais c'est impossible.

– Je dis ça pour toi, tu sais, elle continue. Et puis on a fait un pacte cette nuit-là, respecte-le.

Elle a raison, mais la nuit l'angoisse monte et les cauchemars s'enchaînent. Je voudrais lui demander si elle aussi elle y pense. Si elle se sent responsable. Si la culpabilité l'étouffe parfois à quatre heures du matin ou même par un après-midi ensoleillé. Si des images l'envahissent quand elle grille des marshmallows ou si elle se pose des questions, si elle essaie de comprendre comment c'est possible. Avec elle c'est toujours « Avale tout et garde la tête haute ». Je finis par acquiescer, on n'en parlera plus.

II

J'ai eu peur que les tuyaux métalliques cèdent et se déversent au-dessus de ma tête.

La pluie gifle la vitrine avec force, puis vole à l'horizontale dans la rue. On entend l'eau gicler en trombe hors des gouttières, marteler les murs du magasin.

Il n'y a personne dans la boutique. Ni dans la rue. De temps en temps, un passant qui court, le parapluie retourné, les vêtements collés à la peau, les baskets qui glissent dangereusement sur les grilles métalliques. Une fille est tombée tout à l'heure. Je n'ai pas eu le courage de sortir lui demander si elle allait bien ni de rire.

La sonnette résonne. Le grésillement de la pluie recouvre un instant la musique diffusée dans les haut-parleurs, puis la porte se referme et le calme revient.

Une silhouette dégoulinante s'essuie les pieds à l'entrée.

– Bonjour, je lance.

Au bout des lèvres, j'ai déjà une remarque banale sur la pluie, mais le visage qui apparaît sous le capuchon m'arrête net.

– Eh, mais salut.

Son regard s'illumine.

– Ada !

Il a encore des yeux d'enfant, les mêmes taches de rousseur, les mèches châtains collées au front par la tempête. Elias s'avance vers moi, dévoilant une rangée de dents blanches, les bras ouverts avant de se raviser en voyant l'eau goutter le long de ses manches.

– Je ne savais pas que t'étais rentré d'Oslo.

– Je ne savais pas que tu travaillais dans ce magasin.

On se sourit.

– Je suis revenu en septembre, pour la rentrée, pour les cours. Crois-moi, ils étaient mieux en Norvège.

– Ça ne m'étonne pas, c'est pas bien difficile.

Le rire d'Elias. J'avais oublié comme il sonnait.

– Toi t'as pas continué en master.

– Je voulais du temps pour réfléchir.

Le vent fait vibrer la vitrine. Il raconte Oslo, j'imagine les ciels aussi foncés que le bleu de ses yeux, il décrit le froid qui griffe le visage, la neige qui s'accroche aux bottes, les fleurs violettes au printemps, les pubs où les étudiants se retrouvent. Il s'est fait pas mal d'amis, notamment un Berlinois qui s'appelle Rudi – comme le rat dans le livre de vocabulaire allemand. Les examens sont plus simples qu'ici et les profs plus sympathiques.

Il pleut moins fort. Il assure que j'aurais aimé y être.

Une femme entre dans le magasin, elle cherche un sac à main.

Déchirer les murs comme du papier. Envoyer valser mes plantes en plastique minables. Arracher mes cils mal démaquillés, encore collés par ce mascara infernal. Faire claquer mes stores, encore et encore, jusqu'à ce que les lamelles s'en détachent et tombent dans la rue bruyante. Hurler pour faire éclater les vitres. Éventrer mes duvets, en brûler les plumes, les piétiner, sauter, frapper dans mes armoires, jeter au sol mes habits mal pliés, mal rangés. M'époumoner de rage. Renverser mon bureau. Détruire mon lit. Jeter par la fenêtre les palettes qui servent de sommier. Le vacarme assourdissant que je provoquerais.

À la place, je m'allonge sur mon lit encore fait.

Sans enlever mon jean.

Mon corps parcouru d'ondes de violence. De fureur. Je ne sais pas d'où elle sort. Je devrais l'exprimer. L'articuler.

Je me relève et j'ouvre la fenêtre en imposte, puis les lamelles des stores.

La nuit est crue. L'obscurité ronge l'espace autour des ronds de lumière qui jonchent le sol. La prostituée est là. Elle porte des minishorts ce soir, des bottes à talons, et toujours sa queue de cheval qui suit ses mouvements. Les travaux n'ont pas encore atteint son niveau sur le trottoir. Ils se rapprochent, mètre par mètre, engloutissant la rue un peu plus chaque jour.

Les voitures s'écoulent au compte-goutte sous les réverbères. Il a plu toute la soirée, mais à présent il ne reste qu'une fine bruine qui pique l'air et le bitume comme des milliers d'aiguilles.

Le béton noir reflète la lueur orange des feux clignotants comme une chanson lassante. Ils rythment la nuit. La fille bouge la tête machinalement, des écouteurs sur ses oreilles. Elle agite ses bras à chaque véhicule qui passe. Je l'entends chanter sans reconnaître ni la musique ni les paroles. J'ai froid aux pieds.

Un van familial ralentit.

Ses talons martèlent rapidement le trottoir trempé. Elle rit. La portière claque. Le moteur, les pneus humides. En redémarrant dans une flaque la voiture fait le bruit d'une fusée qui décolle.

Derrière eux, la rue déserte.

Je n'ai pas peur de la route.
Faudrait voir faut qu'on y goûte.
J'emmène au creux de mon ombre
Des poussières de toi.
Le vent l'emportera.
Et tout disparaîtra
Mais le vent nous portera.

L'immense bâtiment en bas de ma rue est en flammes. J'avance, minuscule, sur le balcon. J'ai six ans. Il fait complètement nuit. Je n'ai pas peur. Cette chanson de Noir Désir qui se diffuse dans l'air. C'est le seul bruit. Ce n'est pas *Le grand incendie* mais *Le vent nous portera*. La lueur orange des flammes. La passerelle métallique. Tout brûle à l'intérieur. Je n'ai toujours pas peur. J'avance. La musique recouvre tout.

Je ne sais pas s'il fait chaud.

C'est le seul rêve musical que j'ai fait de ma vie.

J'ai six ans.

Les sœurs M. sont complètement tarées. Des hystériques, je te jure.

Lucie hurle avec la musique, Anna s'y met aussi. On rit sans retenue, la bière dans le sang, le froid accroché aux joues. *Can I get a « Go fuck yourself »?* hurlent-elles. *Go fuck yourself,* reprend le reste du groupe à l'unisson. Seules au milieu du parc désert, les pieds anesthésiés, on danse pour exorciser les voix des autres, pour réduire au silence les rumeurs et le reste. En observant leurs silhouettes familières danser, je me laisse aller à un vrai sourire pour la première fois depuis longtemps. Elles ne sont jamais parties, ne se sont jamais éloignées de nous. Sarah s'allume une cigarette et en donne une à Anna. La nuit est glaciale. On danse encore, sans s'arrêter.

Elles transforment la colère en force. Impossible à questionner.

Je monte en direction de la forêt. La terre molle glisse sous mes baskets, j'aurais dû mettre des chaussures de marche. L'air est très froid pour octobre, c'est l'altitude. Le ciel d'un bleu intense, immense. Ça sent l'herbe mouillée et les aiguilles de sapin, les noisetiers rouges flamboient de chaque côté du champ, les ormes dorés jouent dans le soleil de fin d'après-midi. Il sera de meilleure humeur plus tard, peut-être. Encore un concours raté. Il ne m'entend plus le réconforter, il ne veut pas écouter, juste tout casser. Les choucas volent au-dessus des cimes, ils s'avertissent de ma présence.

Dans la forêt, je retrouve le coude de la rivière, les rochers sur lesquels on avait pique-niqué dans la chaleur de juillet. Les taches de soleil qui jouaient sur nos corps dénudés. Ça fait presque mal d'entendre les fantômes de nos rires dévaler la vallée, de savoir qu'ici exactement, sur ce même rocher, on était heureux, qu'on rentrait main dans la main jusqu'à la grange, qu'on y passait des nuits sans avoir froid, à créer des théâtres chinois à la lumière d'une bougie, qu'il me dessinait dans l'obscurité, mélangeant les ocres rouges et les jaunes indiens.

Pas envie de redescendre, de retrouver son regard noir, ses yeux qui disent « Tu ne peux pas comprendre, tu n'es pas une artiste». Envie de rire en lui disant qu'il est pathétique, mais la gorge trop nouée pour parler. Sa langue qui griffe quand il crache qu'il ne sait plus s'il peut continuer. Quoi ? La peinture ? La sculpture ? Non, ça. Nous.

La colère et les larmes. On s'était dit que c'était que physique entre nous de toute manière. Il recommence à dégueuler des phrases sans sens, pour blesser. Je t'avais dit de pas t'attacher. Le pot de pinceaux qui explose au sol, le verre brisé. Je suis qu'une merde, ils veulent ni de mes tableaux ni de mes photos, il me reste qu'à en finir. J'arrête tout.

Ses yeux qui refusent de croiser les miens. Son poing traverse la toile. Le bruit est mat, violent.

Je me laisse tomber sur la mousse de la forêt. Un goût âpre en bouche, lui ne s'intéresse jamais à ce que j'écris. La nuit ne va pas tarder à tomber. Il va falloir redescendre. Il aura respiré, il ira mieux.

Ça ira mieux.

Envie d'écrire à Anna, mais je ne devrais pas. Prendre de la distance, un peu, c'est ce qu'on s'était dit. Ne pas s'envoyer tout le temps des messages, il faut qu'on garde des choses à se raconter pour quand on se voit. Le thé est déjà presque froid.

Je l'abandonne sur la table et m'approche du miroir. Les mauvais rêves d'hier soir inscrits sous mes yeux. Je vais à la salle de bains passer une couche beige par-dessus, l'anticerne fond sur ma peau. J'ajoute un trait de crayon brun sur mes paupières, un coup de mascara.

Rendre les yeux plus noirs que les cernes.

Je pourrais aller au bord du lac, observer les feuilles couleur d'or se détacher et tomber dans l'eau, regarder les chiens désobéir à leur maître, les vieux jouer à la pétanque, m'asseoir sous un orme et écrire. Ou travailler sur la terrasse, avec le chat noir qui passe entre mes jambes. Je pourrais écrire à Sarah, lui proposer qu'on aille boire un café. Mais je crois qu'elle finit les cours tard aujourd'hui. Il n'est que neuf heures et demie.

Mon téléphone sonne, un SMS. Anna.

Tu fais quoi aujourd'hui ?

Je souris.

Rien de spécial, et toi ?

Je vais à l'aquarium avec Simon.

Je lâche mon téléphone. Les arbres s'agitent dehors, il y a de la bise. Il fera froid au bord du lac. Mon téléphone sonne de nouveau.

Tu veux venir ?

Un moment d'hésitation. Je n'aime pas particulièrement Simon, il est sympa, sans plus. J'ai recommencé à me mordre l'intérieur des joues depuis quelques jours.

Vous préférez pas être seuls ?

Non, viens.

Je m'étire comme le chat noir. Après tout, pourquoi pas. Le lac s'évapore pour aujourd'hui. Je travaillerai une autre fois.

Certains ont les yeux doux, perdus dans le paysage, d'autres le sourcil sévère et les lèvres pincées. Des sacs de commissions à leurs pieds, des sacs à main agrafés aux bras. Il n'y a que des vieux pour prendre le bus un lundi matin, leurs joues tressautent à chaque gravier qui passe sous les roues. La vitre tremblote sur le ciel bleu. Tout est bleu aujourd'hui, clair. Je souris à une vieille femme, son visage s'illumine d'un coup. Le bus passe sous le pont de l'autoroute, j'appuie sur le bouton. J'aperçois déjà les silhouettes d'Anna et de Simon vers le banc. Les portes s'ouvrent en soupirant, je descends. Je ne vois que le visage d'Anna, Simon est de dos. Elle a l'air agacée, puis son regard croise le mien et elle m'adresse un grand sourire en agitant la main.

Je souris maladroitement à mon tour. J'interromps quelque chose.

– Hello...

Simon se retourne, il me dit bonjour avec un enthousiasme feint. Une tension flotte étrangement, j'ai envie de faire demi-tour.

– Vous avez passé une bonne soirée hier ? je demande.

Anna hoche la tête vigoureusement, elle se tourne vers Simon comme si elle lui tendait un micro.

– C'était sympa, ouais. On a préparé un gratin de pommes de terre.

Excitant.

– Miam, c'était bon ?

– Très.

Anna renchérit :

– On a suivi la recette de grand-maman.

Simon pince ses lèvres et les étire, un sourire inconfortable. Les gens qui sourient comme ça me rendent mal à l'aise. Simon sourit tout le temps comme ça.

On se met en route pour le bâtiment immense de l'aquarium qui se dessine au bout de la route. Je n'y ai encore jamais mis les pieds. Anna fait la conversation, elle a placé son bras gauche sous celui de Simon et son bras droit sous le mien.

À la caisse, une femme aux cheveux gris qui sent fort l'anis. Elle a un écart d'un millimètre entre chacune de ses dents, c'est troublant. Elle me fait penser à un dauphin. Derrière elle, des poissons souriants peints sur le béton.

– Tarif étudiant ? elle demande.

– Trois fois, acquiesce Anna.

La femme dauphin fait rouler ses doigts sur le clavier sans nous regarder.

– Alors j'ai besoin de voir vos cartes, s'il vous plaît.

– J'ai oublié la mienne, désolé, je mens.

La femme dauphin me regarde par-dessus ses lunettes.

– Ça fait vingt-quatre francs.

Anna intervient.

– Mais elle...

– C'est bon, je coupe en tendant un billet de cinquante.

Vingt-quatre francs pour regarder des poissons d'eau douce avec Simon. Allez, ça va être sympa. La femme dauphin est satisfaite, elle me tend un ticket en forme de carpe. À l'encre baveuse je lis : *Vous avez été servi·e par Delphine V.*

Les vitres de l'aquarium sont sales, elles portent les empreintes de petites mains, des traces de doigts gras, la condensation d'un souffle oublié. Pas de musique ni d'annonces dans les haut-parleurs, simplement les chuchotements d'Anna et de Simon. Un gloussement sorti de la bouche de ma sœur. Je marche quelques mètres derrière eux, laissant mes yeux traîner sur les différentes espèces aquatiques, s'accrocher aux panneaux explicatifs sans les lire.

Je ne comprends pas pourquoi je suis ici. Avec eux. À observer des brochets flâner pendant que leurs salives se mélangent. Envie de mordre ou d'être seule.

Je m'arrête devant un poisson argenté. Il ondule doucement sans faire attention à moi. Il est beau, long, élégant, ses écailles brillent au moindre de ses mouvements.

Une truite arc-en-ciel. Comme dans le livre pour enfants. Rose, bleue, elle semble être brodée de filaments d'argent. Je voudrais pouvoir me mouvoir comme elle. Étinceler sur mon passage.

Je voudrais être une truite arc-en-ciel.

– Tu fais quoi ?

Sa voix claque dans l'air. Anna a lâché la main de Simon pour me rejoindre. Je lui jette un regard noir sans vraiment le vouloir. Je le regrette presque immédiatement. Son visage se ferme.

– Je regarde les poissons, je réponds.

Elle me rend la froideur de mon regard.

– Tu ne t'amuses pas ?

Je fais la grimace. Elle n'est pas bête, elle ne peut pas s'imaginer que je suis en train de prendre du plaisir là tout de suite, à jouer la cinquième roue du carrosse, à tenir une chandelle tremblotante alors qu'il y a encore quelques jours elle me racontait le comportement insipide que Simon avait avec elle. Si je me tiens trop près, je vais finir par lui souffler dessus, à cette bougie. Derrière Anna, Simon a atteint le bout du couloir, il tapote entre ses mains, hésitant à passer à la salle suivante ou à nous attendre. Il fait de son mieux pour ne pas croiser mon regard.

– Je voulais passer un bon moment à la fois avec toi et avec Simon. Je sais que j'étais supposée passer la journée avec lui, mais j'avais envie de te voir, toi aussi. Ne pas avoir besoin de choisir.

Anna a le pouvoir de sonner en même temps très égoïste et très généreuse, elle marche souvent sur la limite comme sur une corde, en équilibre parfait. Je n'ai pas envie de me fâcher, et puis je comprends trop bien le sentiment. Je faisais la même chose quand je sortais encore avec. Quand c'était moi qui. Un frisson, la fatigue sur les paupières. Je lâche un sourire.

– Certes, certes.

Elle a les yeux qui s'illuminent, sa main attrape la mienne.

– Allez, viens. Sociabilise.

Elle me tire en sautillant vers Simon qui a décidé de nous attendre au bout du couloir.

Retour à l'air frais après la case boutique souvenir. Je respire mieux dehors. Anna s'est acheté un briquet imprimé : « *I love Léman* » sur une photo du lac d'un bleu turquoise écœurant. Elle achète toujours un briquet «*I love*» de l'endroit visité, le plus kitsch le mieux c'est. Simon n'a rien pris, je sens qu'il aurait voulu que je ne sois pas là. Que si je n'avais pas été là, il lui aurait offert un poisson en peluche.

Peut-être qu'elle en aurait été enchantée. Je crois qu'elle le lui aurait fourré au fond de la gorge. Elle aurait eu raison.

Ils se roulent tous les deux une cigarette, la coincent entre leurs lèvres. Il y a longtemps que j'ai renoncé à lui faire arrêter de fumer. Le briquet est inauguré, des nuages gris s'échappent de leurs bouches. Il fera bientôt assez froid pour qu'il en sorte un de la mienne aussi.

– Bah, c'était fun, je dis.

– Absolument, acquiesce Simon.

Ce n'est pas réellement un mensonge. Et puis il m'a fait rire pour de vrai quand il a imité les perches. Anna a l'air contente.

Je ne peux pas détacher mes yeux de ses mains. Deux grandes mains carrées, appuyées l'une sur l'autre. Posées sur ses cuisses, un corps inconnu. Il a peut-être un visage. Peut-être un nom. Un chien. Un enfant. Je ne vois rien. Que ses mains. Ses ongles ras. La peinture sous ceux-ci.

Le métro crisse, sonne, annonce les arrêts. Sous la lumière froide des néons, sur les sièges bleus. Les gens montent et descendent, je ne sais pas. Les mains restent là. En face de moi. La gauche gratte la droite. Elles se frottent.

Je ne peux pas. Respirer.

Elles ressemblent aux siennes. Non. C'est la peinture. La peinture sur les paumes, sur le dos des mains, sur les phalanges. Des traces légères, blanches.

Ses lèvres dessinent des cartes sur mon corps.
(La carte du tendre)
Géographie d'une tendresse
Les cicatrices encore ouvertes
à peine refermées
Ses doigts les effleurent, les caressent,
les rouvrent et les guérissent
les guérissent et les rouvrent
d'un même geste.

Tout casser. Jeter mon ordinateur au sol. Tout abandonner là. Les inscriptions dans les universités, leurs sites mal construits. Piétiner. Frapper. Briser. Jusqu'à ce qu'il ne reste que des miettes de leurs questions à développer. M'y échapper. Sortir de la pièce, boire un thé. Le poids énorme ôté de mes épaules. Désempêtrée. Le visage baigné dans le soleil. Tant pis pour les masters, tant pis pour tout. Avancer en ligne droite ou en louvoyant, dans un printemps impeccable. Tout se sera envolé, avec le vent. Emporté. Loin de moi. Entièrement libre de mes mouvements.

Rien ne marche.

Pourquoi est-ce que c'est aussi dur d'avancer ?

Une odeur de poussière mêlée de pluie s'élève des travaux dans la rue. Accoudée à la fenêtre je la laisse venir se coller au fond de ma gorge, le son de ma respiration se perd dans celui des marteaux-piqueurs. Les élèves de l'école de commerce sont entrés dans le bâtiment, il ne reste que les ouvriers orange et moi. Il ne reste presque plus de feuilles sur les arbres dans la cour. Derrière moi, le parquet craque sous le poids de fantômes que je ne vois pas. Un couple passe entre les cônes de signalisation, main dans la main.

Anna chantonne en pliant sa lessive. J'essaie de reconnaître la mélodie. Je la connais forcément, on partage le même compte Spotify, les mêmes titres likés, les mêmes playlists. *Sex money feelings die*. Elle ne veut pas que je l'aide à plier, elle trouve que je ne fais pas ça bien. *Sex money feelings die*. Je me mets à fredonner à mon tour.

Notre mélodie prend de plus en plus d'assurance en entamant le refrain. Anna se met à chanter plus fort. On se sourit. La corde à linge se vide. *Sex money feelings die. Baby don't you cry.*

Nos voix occupent l'espace du jardin sans honte, à présent. On chante vraiment. Un voisin passe. On le salue d'un signe de tête, les joues rouges, sans pourtant s'arrêter. Il n'y a qu'au dernier couplet qu'on éclate de rire.

Je lui ai demandé d'y aller plus doucement. Il n'écoute pas. Ses doigts laissent des traces rouges sur mes poignets.

Le plafond blanc.

Les fissures sur les murs.

Les draps froids.

Stop.

L'impression d'être muette.

La poussière sur les côtés du plafonnier.

— Ne me dis pas que tu penses encore à ça. Ne me dis pas que tu regrettes.

Le ton est menaçant. Anna frappe fort sa cuillère contre le rebord de la tasse.

– Non. C'est que tout aurait été plus simple si on n'avait pas décidé d'y aller.

– Tu te fous de moi ? Comment tu crois que tu te serais sentie si tu n'avais rien fait ?

J'ai depuis des jours un silence dans la poitrine. Quelques secondes. Elle a raison. Les dates du calendrier s'approchent du 12 décembre. Je ne peux pas m'empêcher d'y penser.

– Je sais, moi aussi. Mais il ne va rien se passer de spécial à cette date-là.

Le ton est ferme, Anna ne veut plus en parler.

– Je déteste la tisane de cynorhodon, elle murmure.

Je ris, la montée de larmes et de bile ravalée péniblement au fond de la gorge.

– Prends du sucre.

Elle tire la langue en faisant le même bruit qu'un chat qui vomit.

– Je fais que ça, mettre du sucre, ça change rien.

– C'est toi qui as décidé de ce qu'on allait boire, je t'ai laissé choisir.

Anna martèle la table avec sa paume, écrasant les miettes restantes de nos tartines. Elle a l'air fatigué ces derniers temps.

– C'était pour te faire plaisir, je sais que tu aimes ça.

Envie de lui demander. De lui hurler. De le lui encrer dans la peau. À la manière dont c'est ancré sous la mienne. D'abord tu étais respectueux, gentil. D'abord tu t'inquiétais de connaître mes limites, tu t'arrêtais au moindre doute.

Quand est-ce que je suis devenue objet ?

Quand as-tu arrêté de me respecter ?

Aimée. Adorée. Un soleil. La seule qui comptait.

Utilisable. Jetable. Un corps. Un rien.

Le bruit d'une bûche qui roule hors du foyer, se cogne contre la grille protectrice. Le feu râle. Il fait chaud désormais, j'ai encore les pieds gelés. Grand-maman remplit de nouveau nos tasses. Je me concentre sur le goût du thym. Les mains moites. Le soleil s'est couché, laissant quelques traînées pourpres à l'horizon, sous les silhouettes plastifiées d'oiseaux noirs, collés sur la baie vitrée depuis plus longtemps que la durée de ma propre vie. Grand-maman parle des mésanges qui viennent picorer sur le rebord de sa fenêtre, elles sont si jolies, si rondes, si bleues. Elle étale la confiture sur une tranche de pain. Grand-papa se rapproche de la cheminée, il repousse la bûche égarée dans le feu. Elle siffle.

Les mésanges. Je souris à grand-maman, je n'ai plus de force dans les jambes, le cœur qui bat dans la gorge. La sueur de mes paumes collée à la tasse. Anna décrit le serpent qu'elle a aperçu dans la forêt l'autre jour. Petit et fin. Elle a sursauté sans crainte. Grand-maman dit que c'est sûrement une couleuvre. Les braises grésillent dans mon dos.

Je ne sais pas si c'est l'amour ou la violence qui m'a dévorée.

III

La nuit est tombée en même temps que la première neige. Une neige de décembre, les flocons mouillés percent le ciel sombre. Anna les regarde s'écraser sur le rebord de la fenêtre. Dix minutes qu'elle n'a pas dit un mot. J'ai les dents serrées, une fureur noire dans la poitrine. On a encore aboyé l'une contre l'autre. Une histoire de bottes. Anna est égoïste. Regards venimeux.

Le silence pèse. La sauce tomate chuchote dans la poêle. J'aurais envie de griffer sa table avec mes ongles. Elle n'a aucune reconnaissance, jamais, pour rien. J'ai envie de rentrer, je ne veux plus dormir chez elle. L'eau bout.

– Tu veux des spaghettis ou des *penne* ? elle grogne sans même me regarder.

Je hausse les épaules.

– Ce que tu préfères.

Je vois sa mâchoire se crisper. Elle arrache le haut du paquet de spaghettis et d'un geste brusque les fourre dans la casserole. La moitié s'en échappe et rebondit sur la cuisinière avant de s'écraser au sol. Silence. On regarde toutes deux la dizaine de bâtonnets rouler sur le carrelage.

Je sais qu'elle a envie de crier.

Nos rires explosent contre les murs.

Le train file et le lac se révèle. Sa surface pâle, scintillante dans la lumière perlée du matin. Un voile d'un doré presque imperceptible le recouvre et s'élève dans le ciel, couvrant les montagnes. En haut, les nuages s'évaporent. Je ne vois plus que cette lumière entre douce et crue, entre blanche et or, qui s'étend sur des kilomètres. Le lac ressemble à un bijou. Figé dans un mouvement, des reflets brillants sans être clinquants. Un tissage de bronze et d'acier.

Puis les habitations, de nouveau. Les cheminées qui fument. Les vignes humides de rosée. Les ruelles pavées. Et, d'un coup, un cercle aveuglant, parfaitement rond, irradiant de lumière derrière le brouillard.

Il fait jour.

Je ferme les yeux, imbibée de paysages.

Le soleil reste imprimé sous mes paupières.

Se rend-il compte ?

De la douleur qu'il dépose avec ses baisers de sel ?

Il me rend malade.

Les larmes de plaisir et de frustration ne se confondent même plus. Elles se fondent les unes les autres.

Que me reste-t-il à faire ?

M'allonger sous la pluie
le bitume chaud sous mon dos
L'abandonner
M'abandonner

Les souvenirs affluent sans cesse ces derniers jours. Ils viennent s'écraser en vagues et laissent leur écume mousser longtemps. Leur sel reste sous ma peau. Il colle, il démange. Il pique.

Peut-être que c'est dans l'air. Dans le vent glacé qui s'engouffre sous l'écharpe, qui bloque les genoux, dans la fumée nuageuse qui sort des bâtiments. Dans le bruit mat des bottines sur les pavés. Dans les épaules tendues par la température et dans l'odeur des marrons chauds et des gaufres. Dans la chaleur des cafés, dans les ardoises devant ceux-ci qui affichent désormais tous « Vin chaud 6.– ». Dans les lampadaires et les guirlandes lumineuses qui réchauffent les vitrines. Dans les étoiles transparentes de cinq heures.

Dans ces nuits trop longues où j'attendrais presque que tu m'écrives, où j'irais presque chez toi, par habitude. De l'odeur de l'air glacé. De l'obscurité précoce. Des ciels mandarine.

Parce que les milans royaux se découpent à l'horizon tellement de la même manière que l'année passée, que l'année d'avant, j'aurais presque envie de voir tes yeux verts. J'aurais presque envie d'oublier.

De me réveiller. Et d'effacer.

Les lambeaux de toile jonchent le sol de l'atelier. Un tableau empalé sur le tisonnier. Le bleu sur mon bras prend de plus en plus de couleur. La barre métallique m'a frappé accidentellement dans sa course vers la peinture. Je ne sais plus s'il s'est excusé.

Je me suis levée, j'ai mangé deux tranches de pain déjà sec. Je l'avais pourtant acheté la veille.

Je me suis douchée, j'ai fait un masque pour les cheveux, j'ai oublié de chronométrer et j'ignore si je l'ai laissé trop ou pas assez longtemps. Il sent l'amande et la vanille, ça m'écœure.

J'ai appelé mes parents, ils vont bien, ils ont fait une randonnée magnifique l'autre jour, ils m'enverront les photos. Virgilio n'était pas très enthousiaste au départ, mais finalement ma mère pense que ça lui a beaucoup plu. Ça ne lui fait pas de mal de prendre l'air.

Je me suis demandé si Anna m'écrirait. Elle m'a envoyé deux messages à midi onze :

les cours vont me tuer

c'est pas possible de s'ennuyer à ce point

Je n'ai pas répondu tout de suite. Je ne sais pas si elle s'est rendu compte de la date d'aujourd'hui, je pense que oui.

J'ai essayé de travailler un moment, sans réussir à aligner deux lignes. Je suis descendue au bord du lac.

J'ai marché jusqu'à en avoir mal aux jambes, puis j'ai pris le bus pour rentrer.

J'ai compris que j'avais oublié de manger à midi, j'ai avalé une tranche de pain dur avec du chocolat sans goût.

J'ai répondu à Sarah et à Lucie.

J'ai rongé mes ongles pour les couper, je n'aime pas quand ils sont trop longs.

Anna ne m'a toujours rien dit par rapport à la date.

J'ai fait du riz aux légumes sautés, je l'ai mangé devant un épisode de série et j'ai tout laissé traîner dans l'évier.

J'ai eu les mains moites à chaque notification sur mon téléphone, mais rien d'intéressant.

Puis je me suis couchée en sachant que le sommeil ne viendrait pas avant un moment.

La journée du 12 décembre s'achève avec un goût salé. Un goût humide. Blafard. Mou. Aveuglant. L'anxiété racle, déborde, puis se tasse. Une journée sans angles, rien que l'amertume et les minutes à rallonge. Rien qu'un mardi pâle. Rien.

– Tu sais qu'Hermance essaie de se mettre avec ?...

Je lève les yeux sur Anna, elle hésite à m'en parler. Le prénom ne franchit pas ses lèvres, je devine sans effort de qui il s'agit. Ses yeux verts et son sourire m'apparaissent d'un coup, je le visualise aux côtés du visage de rongeur d'Hermance. Je ne sais pas si je dois rire, m'énerver, fondre en larmes, cracher.

– Ça ne m'étonne pas, je finis par dire.

Anna acquiesce avec mépris.

– C'est un rat.

– Elle ou lui ?

Rires jaunes.

– Les deux.

J'ai encore mis trop de piment dans la sauce tomate. Je remplis le verre d'Anna avant qu'elle ait le temps de goûter.

– *Spicy.*

La neige a cessé. Ou elle est tellement fine qu'on ne la distingue plus. Le radiateur chauffe contre ma cuisse. Je ne lui demande pas si elle a dit qu'Hermance *essayait* de se mettre avec lui parce qu'elle n'y arrive pas ou si c'est en train de fonctionner. Je ne peux pas m'imaginer qu'elle l'intéresse. Je ne veux pas me l'imaginer.

Il faudrait que je n'en aie rien à foutre de toute façon.

Anna parle la première.

– Lucie m'a demandé si elle pouvait venir avec Arnaud samedi soir, je lui ai dit que je verrais avec toi.

Nos regards se croisent, je finis de mâcher. Ruminer ma réponse.

– Oui, évidemment, c'est tout bon.

Anna me dévisage encore.

– T'es sûre ?

– Je n'ai pas de problème avec lui.

Elle hoche la tête en terminant son verre d'eau.

– Mets plus de parmesan, ça atténue le piquant.

J'hésite puis :

– J'ai vu Elias l'autre jour. Il m'a proposé d'aller boire un café.

Anna s'extasie.

– Ça fait des années que j'attends ça.

Allongée sur le lit d'Anna, je trace les contours des plis sur le duvet. Elle a fini d'enfiler son pyjama.

– Ils ne sont plus tellement amis de toute manière, non ?

– Arnaud et l'autre ? elle demande après un temps.

J'acquiesce en évitant son regard, la pièce baigne d'ombres et de reflets. Anna ouvre la fenêtre sur le jardin.

– Si ça te dérange qu'il vienne, je le dis à Lucie. Elle comprendra. C'est mon appartement.

– Non, non, ça me dérange pas.

Je sens la froideur émaner des pieds d'Anna sous la couverture. J'écarte les miens.

– J'ai entendu dire qu'ils s'étaient éloignés. Disons qu'ils sont moins proches qu'avant.

Je murmure un *d'accord*. Il fait complètement nuit dans la chambre. Je me concentre sur la respiration d'Anna pour effacer les yeux verts sous mes paupières.

– T'as réussi à écrire aujourd'hui ?

– Chut, bonne nuit, Anna.

Son rire étouffé dans le duvet. Dehors, une tourterelle roucoule.

Parfois il suffit d'une vieille chanson.
Et le sel pique encore plus fort.

— J'ai l'impression que quand tu vis des relations vraiment fortes, vraiment fusionnelles, ça devient difficile de te retrouver toi-même. De te souvenir de qui t'es, de t'envisager sans cette autre personne, surtout quand les gens t'y associent tout le temps.

Lucie recrache la fumée au-dessus de son café en m'écoutant parler. Elle hoche la tête, cherche ses mots pour me répondre. La terrasse et le cendrier se vident et se remplissent progressivement, suivant les jeux d'ombres et de lumière, les allers et retours du serveur. J'ai terminé mon thé.

– Parfois il me semble qu'aux yeux des autres je n'existe pas sans Anna.

Frissons sur sa peau
La ligne de son dos souligne celle de mes os.
S'abîmer
S'habiller
je ne sais plus quoi faire de nous.
On se noue, sans amitié.

M'aimer encore   L'aimer encore   S'aimer encore

À force de se manquer
de se manquer

On finira par se manger.

Nos bouches naviguent sur la peau de l'autre, s'échangent des souffles, des baisers. Nos mains entrelacées dans l'obscurité de la chambre. Le bruit de la pluie contre la fenêtre, les cheveux mouillés. Les draps remplacent les vêtements et nos corps s'en échappent, s'y cachent et se dévoilent. Ça faisait longtemps. J'ai la tête qui tourne. Il m'embrasse, ses lèvres, ma langue, ses dents. J'en ai envie. J'en ai envie ? Elias devient plus lourd sur moi. Un malaise grandit dans ma poitrine sans que je comprenne pourquoi. Ses mains, sa respiration, ses yeux, je ferme les miens. Je ne peux plus respirer. Je voudrais partir. L'eau frappe la vitre et se transforme en grêle. J'étouffe. Sans savoir pourquoi. C'était agréable il y a quelques secondes encore. Elias continue à embrasser mon cou. Ses cheveux me grattent la peau, il est trop là, trop lourd, je ne peux plus bouger. Je ne peux plus. Je ne peux plus. Je ne comprends pas pourquoi. Quelque chose dans ma poitrine va exploser. Je ne peux plus. Je ne sais pas. Je ne peux plus respirer. Je ne sais pas si mon cœur bat encore. Partir. Pourtant non, j'en ai envie, je veux être là. Je ne sais pas. Je ne comprends pas. Je ne peux plus. Les larmes jaillissent d'un coup hors de mes yeux, et ma poitrine se débloque. Je me mets à sangloter sans pouvoir m'arrêter.

Des hoquets hystériques sortent de ma bouche.

De l'eau coule partout sur mes joues.

Je pleure.

Je panique.

Elias s'enlève immédiatement, il a le regard perdu, affolé.

– Qu'est-ce qu'il se passe ? Ça va ? Je suis désolé, je suis désolé, je ...

Je veux trouver les mots pour lui dire que ce n'est pas lui, que je ne comprends pas ce qui est en train de se passer, que j'en ai envie pourtant, mais les mots refusent de sortir de mes lèvres. J'essaie de trouver l'air, de respirer, d'arrêter de sangloter comme ça, si fort, mais je n'arrive pas. J'essaie de lui sourire, de lui faire signe que tout va bien mais les larmes continuent à affluer sans que je ne puisse rien retenir.

Il me prend dans ses bras, caresse mes cheveux, il murmure que ça va aller, qu'il faut que j'essaie de respirer. J'arrive enfin à articuler quelques mots.

– Je ne comprends pas, ce n'est pas toi, je ne sais pas pourquoi je pleure.

Il est tétanisé, j'aimerais le rassurer mais je n'ai plus de souffle.

– Respire, il chuchote. Inspire, expire. Voilà, c'est bien.

Je tremble encore. J'ai l'impression d'avoir implosé, qu'on a allumé des gyrophares au milieu d'une nuit profonde. Mon corps a pris le contrôle. Je voudrais pouvoir dire à Elias quelque chose de concret. *Désolée, c'est juste que tu m'as fait mal en appuyant là, c'est pour ça que je pleure, je suis sensible*. Et en rigoler. Mais ce n'est pas ça.

– Je suis désolée, je comprends pas, je voulais pas gâcher le moment. Vraiment, c'est pas toi.

J'essaie de forcer un rire en m'essuyant les yeux.

– T'excuse surtout pas.

Il a raison. C'est un réflexe. Je lui dis merci. C'est le vide absolu dans ma tête. Les gyrophares se sont éteints, je pourrais m'endormir dans la pénombre de ma propre cage thoracique. Je ne veux plus parler. Fermer les yeux. Essorer mon visage.

Arrêter de me mentir à moi-même.

Admettre que merde. Qu'en réalité je sais exactement d'où ça vient. Que ce n'est pas la première fois que ça arrive, que c'est déjà arrivé la dernière fois, avec ce type sympa rencontré en soirée, que ça fait un an que ça arrive et que je sais exactement pourquoi.

Mon corps a plus de mémoire que moi. Mon corps ne veut plus prendre de risques. Il l'a inscrit dans ma peau.

Je voudrais dire à mon corps.
Ce n'est pas grave.
Ce n'est pas lui.
Il n'a pas les yeux verts.
Il ne te veut pas de mal.
Mais mon corps ne m'écoute plus.
Ne me fait plus confiance.

Il ouvre
et je pardonne.
Il fend
et c'est oublié.
Il creuse
et ce n'est pas grave.
Mon esprit comme une linogravure
sous ses doigts acharnés.
Arraché, gommé, poignardé.
Je traverse comme un fantôme
les lieux qui nous étaient chers
(pourtant) il suffit d'un regard de ses yeux verts
et je souris comme si on était (encore) hier.

– Tu veux en parler ?

Elias a ouvert la fenêtre pour faire entrer de l'air. Je me suis enroulée dans la couverture, il fait froid. Il me pousse pour que je lui laisse une place.

– Non, j'aurais peur que ça recommence, tout ça.

Je désigne mes yeux encore bouffis avec un sourire.

– D'accord.

Il colle ses pieds glacés contre les miens, je suis fatiguée. Je me demande s'il a compris pourquoi je pleurais. S'il devine d'où ça vient. Je crois que j'aurais envie que oui. Ils se connaissent. Je crois que je voudrais que les gens se rendent compte que ce n'est pas le type aux yeux verts, si charmant et drôle, qui est une victime. J'ai envie de vomir rien qu'en pensant à ce mot.

– J'ai entendu parler de l'histoire avec... commence Elias.

– T’as entendu parler de ça jusqu’en Norvège? je coupe.

J’ai le cœur qui bat fort, j’espère qu’il ne sent pas mes mains trembler sous le duvet. Elias hoche la tête.

– Il faut croire que les gens n’ont rien à faire de leur vie pour parler à ce point de celles des autres, il ironise.

J’acquiesce sans rien ajouter. J’ai entendu cent fois cette phrase, je sais qu’elle est censée faire du bien, rassurer, se moquer des autres, mais elle reste juste déprimante. Elle sous-entend que rien ne changera jamais, qu’il faut juste s’y faire.

– Tu sais, moi, je m’en fous. Je l’ai jamais senti, ce type, il continue.

Ça aussi ça devrait faire du bien, mais ça ne marche pas. Jamais. Un faux sourire, je me décale légèrement. Il a le coude appuyé contre mes côtes, c’est désagréable.

– Et me parle même pas de ses peintures, ou pire, de ses sculptures, là, il renchérit.

J’aurais envie de lui dire qu’il serait temps de se taire maintenant, mais je lui tapote simplement le haut du corps pour qu’il comprenne. Il murmure *désolé* et embrasse ma tempe.

Les larmes ont séché sur mes joues. Il fait rouler mes mèches entre ses doigts, la bouche dans mes cheveux. Le torse se soulève comme la mer, vagues régulières. Je sens qu’il voudrait dire quelque chose, ses lèvres s’ouvrent et se referment contre ma tempe, ne laissant qu’un long souffle s'échapper. Les mots se sont perdus. Je les sens s'étirer en un sourire. Sa main glisse sur mon flanc. Il suffirait que je ferme les yeux pour m'endormir. Le battement de son cœur accélère par moments.

– Dis-moi.

Le battement cogne plus fort. Je l'entends rire nerveusement.

– Quoi ?

Elias hésite.

– Tu l'as vraiment fait ?

Un choc électrique me parcourt. Je me relève, glacée. Je ne m'attendais pas à cette question-là. La gorge sèche. Je laisse mon regard le percuter sans essayer de le maîtriser. Elias tord le duvet entre ses phalanges sans me quitter des yeux.

– La grange. L'atelier. Tu l'as vraiment fait ?

Je pourrais avoir mangé du sable que ce serait pareil.

Je pourrais placer sa main contre mon cœur. Lui montrer.

– Comment est-ce que t'oses me demander ça ?

Ma voix a coupé l'air, sans remous. Il s'excuse.

Les souvenirs
Le présent

ne forment
plus qu'un tout

Que faire de nous ?

J'ai recommencé à regarder des épisodes de série à la suite. En boucle. Une série simple, qui n'occupe pas l'esprit, qui le vide. J'avale les épisodes vingt minutes par vingt minutes et le reste s'efface. Puis à la fin de la soirée l'angoisse monte. Elle finit par exploser. Je n'ai rien fait de ce que j'aurais dû.

Mais mes pensées se sont tues.

L'impression d'être une masse en mouvement, bouillonnante. Je n'ai pas avancé. Les délais d'admission se rapprochent.

– Ce que je veux, c'est que les gens comprennent qu'il n'est pas le seul à avoir souffert. Qu'il n'est pas qu'une victime. Que je ne suis pas la sorcière.

Nos bières égarées sur le bitume, les mains criblées d'empreintes de minuscules graviers. Il fait bon ce soir dans le square, la bise est retombée. On a formé un cercle autour de la petite enceinte qui diffuse *Parfum Quartier* de Jul à un volume raisonnable. Nos têtes dodelinent en rythme sur la musique et en accord avec notre discussion. *La vie, c'est bizarre, les prénoms s'effacent sur le sable.*

– Tu sais, dans ce genre de situation, ces types-là ne vont jamais prendre le parti de la femme. Si tu subis en silence, ils continuent à être amis et à rire avec lui. Mais dès la seconde où tu réagis, ils sautent sur l'occasion pour te descendre. Celle qui ouvre la bouche pour dire quelque chose qui les dérange est forcément folle.

Sarah écrase sa cannette.

– Je suis désolée, Ada. Ils ne t'écouteront jamais, ils sont sourds et aveugles pour leurs potes. Ils se protègent les uns les autres sans jamais se poser de questions.

– Et le lendemain ils vont reposter une story féministe sur Insta, se vanter d'en être un, ils vont dénoncer le harcèlement, le viol, la toxicité masculine.

– Ils ne sont probablement même pas conscients de leur hypocrisie.

– Ça me donne la nausée.

– Ces gens-là faut les effacer de ta vie. Finalement, je crois que ça ne sert à rien de se recroqueviller et de pleurer sur son sort, faut essayer de lâcher prise, de les ignorer, de continuer son chemin et commencer par se reconstruire soi-même.

Anna râpe son mégot contre le béton pour l'éteindre, je sais qu'elle bout intérieurement. Moi aussi.

– Et si je n'ai pas envie de lâcher prise ? Si j'ai envie de leur montrer? Si j'ai envie qu'ils m'écoutent, qu'ils m'entendent, qu'ils comprennent?

– Ils ne méritent pas de savoir.

– Et si je mérite qu'ils sachent?

On finit la discussion sur les mêmes paroles qu'à chaque fois:

– Oui, enfin, c'est vrai que c'est tellement compliqué, ces trucs-là.

– On bouge en ville?

Je sens les regards pesants, les regards accusateurs, les regards jugeants, les regards de dégoût, je les sens et j'ai envie de leur rire à la figure. Les corps dans la nuit enfumée, les verres à la main, Hermance bien en vue et quelque part peut-être des yeux verts rougis par l'herbe. Les basses de la musique font vibrer mes os. Je danse parce qu'il n'y a rien d'autre à faire. Les rumeurs mourront avec le temps. C'est ce qu'elles disent toutes. Anna, Lucie, Raffaelle, Sarah, Margot, Elisa. Les lumières stroboscopiques effacent les autres. Je danse et je n'en ai plus rien à faire.

Au fond de moi, il y a quelque chose qui brûle encore.

Je ne sais pas s'il faut que je l'éteigne ou que je le ravive.

Ses yeux verts me regardent par en dessous. La porte se referme dans mon dos. Il se tient comme un enfant puni, il s'en veut. Je remarque qu'il a déplacé la toile qui me représente, il l'a mise en valeur, subtilement, comme si elle avait toujours été là, devant les autres. Il a allumé deux lampes et une bougie sur la table.

– Je suis désolé.

Un murmure à peine audible. Sa main approche ma joue, la caresse. Je ne dis rien.

– Je suis qu'un con, je suis désolé.

Il me prend dans ses bras doucement. Je me laisse faire. Il sent la peinture et la culpabilité. J'ai envie de pardonner. D'oublier. De jouer aux ombres chinoises.

– Tu me pardonnes ?

Je hoche la tête. Son sourire brille dans l'obscurité, il dépose de petits baisers sur ma tête, mon front, mes joues.

Puis sans prévenir ses lèvres se mettent à dévorer mon cou, je sursaute. Ses mains glissent sur *ma taille, descendent, prennent. L'étreinte devient étouffante.*

– Pas maintenant, je souffle.

Il n'entend pas, ses bras me serrent, sa bouche ne s'arrête pas, insistante, elle mord presque. Je le repousse doucement, puis plus fermement. Son corps ne recule pas, il se presse encore plus fort.

– Non, je n'ai pas envie.

Il baisse brusquement mon pantalon. Je ne veux pas. Je ne suis pas d'humeur. Je suis fatiguée. S'il te plaît. Qu'est-ce que tu fais. Je soupire. C'est trop tard.

Tu me fais mal.

IV

Les mains posées sur la table, entre les miettes de gomme et le crayon abandonné. Les pousses vertes et timides se meuvent avec la brise, dans leurs pots de terre cuite. Il y en a un qui a cassé pendant l'hiver, le gel l'a fait céder. Il n'a pas bougé pourtant, il reste là, ses pousses vertes bien en lui, simplement traversé par une longue ligne épaisse, brisée. Je tapote le bout de mes ongles sur les formulaires d'admission. Sciences sociales. Sciences politiques. Sciences de l'information et de la communication. Les questions, toutes rédigées avec la même police, s'étalent, laissant vides de terrifiantes, d'ennuyeuses petites lignes qui n'attendent que d'être remplies. Le merle qui dansait dans le ciel tout à l'heure boit à présent dans la grande assiette posée au sol. Je me laisse glisser sur le banc, posant ma tête contre les vieilles planches, humides de trop d'averses. Elles ne sèchent jamais complètement. Les nuages avancent vite dans la pâleur bleue du ciel. Sans avoir l'air pressés. Le crayon gris joue entre mes doigts. Je voudrais écrire autre chose que « Qu'est-ce que ce master pourrait vous apporter (max. 700 signes) ? ». Je voudrais écrire

le printemps peut-être
ou la disparition des hirondelles
la couleur du béton
celle du ciel
les étoiles comme des diamants dans du velours noir
l'odeur de la pluie

Anna fait grincer sa chaise en reculant.

– Je vais me faire un sirop, t'en veux un ?

Il sort du brouillard comme un fantôme. Ses contours flous, brumeux. Nos deux silhouettes se croisent, sans vraiment appartenir au même monde. Un tremblement aigu, jusque dans mes os, comme un ultrason qui me parcourt. Le cœur a tapé tellement fort en le voyant que je crois qu'il ne bat plus. La rue s'est tue, le parc s'est tu, le reste est devenu flou. Je fais de mon mieux pour ne pas lâcher le sac de courses serré contre moi, pour qu'il ne devine pas que je pourrais tomber en débris, là, sur le trottoir. Juste parce qu'il est là, à moins d'un mètre.

Je ne respire plus. Je respire bruyamment.

Un coup d'œil à son visage. Il est fermé, une porte blindée. Parce qu'il m'a reconnue. Ses yeux verts fixés devant lui, je ne me demande même pas s'il va les tourner sur moi, je sais déjà que non. Sa froideur cristallise la brume. Il va bientôt faire nuit. Mes jambes menacent de se dérober.

Il est passé tout droit.

Je ne me retourne pas.

— Je l'ai croisé aujourd'hui.

Le visage d'Anna se tord en un rictus, elle écrase le citron dans sa paume. Le jus dégringole sur le pesto d'épinards.

– Moi aussi je l'ai croisé l'autre jour.

Elle ne m'avait rien dit. Je n'aurais pas voulu le savoir. Ou si ?

– Il t'a regardée ? je demande.

Un sourire féroce sur ses lèvres. Elle jette l'écorce jaune dans le compost.

– Comme la dernière fois. J'ai cru qu'il allait me cracher dessus. Je lui ai rendu la pareille.

– Il ne pourra jamais rivaliser avec notre regard noir.

Anna rigole sans rire. Est-ce que je vivrais mieux si je savais que je ne le recroiserais plus jamais ? Ou si je m'excusais ? J'entends déjà la voix d'Anna siffler : de quoi ? s'excuser de quoi ? Le tournis à force de me poser constamment les mêmes questions.

La sonnette résonne dans la cuisine.

– Entre ! crie Anna.

Le bruit de la porte d'entrée, des chaussures qu'on enlève, Simon chantonne.

– Hello, hello, hello...

Il s'arrête net en me voyant assise à table. Son sourire se fige. Il ne savait pas que je venais manger ? C'est embarrassant.

– Salut.

Anna l'embrasse, je détourne les yeux, gênée. Il a vu que j'avais lu la mauvaise surprise sur son visage. J'aurais aussi préféré manger seule avec Anna.

– Ada mange avec nous, je fais des spaghettis au pesto vert.

Il hoche la tête, ses lèvres étirées dans un sourire sans émotion.

– Évidemment que c'est du pesto vert, tu veux qu'il soit de quelle couleur ? ironise-t-il.

– Ça existe, le pesto rouge.

Il me regarde sans rien ajouter, puis finit par lâcher un « C'est vrai ». Il nous demande ce qu'on a fait de beau de notre journée. Je pourrais lui faire remarquer qu'il faisait moche aujourd'hui, mais je préférerais avoir un humour un peu plus fin que lui. Et puis c'est déjà sympa de faire la conversation. Il faut que je me calme.

– T'es qu'un raté.

Les yeux qui vrillent, la main qui se lève, si vite, si grande. D'un coup. La violence de la gifle qui ne s'abat pas. Qui reste en suspens, qui reste menace. Dans ses yeux elle a frappé, elle a fendu ma joue, mes lèvres, elle a laissé la peau comme chauffée au fer-blanc, elle m'a projetée au sol. Mais la main reste là, en l'air. Il crache des mots, de la salive, ça retombe à plat. Paf. Sur le sol. Agitée. Encore vivante. Sa main le long de son flanc.

– Je ne frappe pas les femmes, moi.

Non. Non tu ne frappes pas les femmes mais tu les violes, tu les violentes avec tes mots, avec tes gestes, tu ne les respectes pas, tu les méprises, tu les écrases, tu les détruis.

Je tremble
de colère
de dégoût
de toi.
Il s'en va.
Les larmes explosent hors de mes yeux.

– Je peux te parler deux minutes ?

Simon fixe Anna sans ciller. Je me concentre sur la coupe des oignons, ils referment la porte de la chambre derrière eux. Je n'ai pas besoin de m'approcher de la chambre pour entendre ce qu'ils se disent. L'appartement n'est pas bien isolé. Je ne me serais pas approchée, d'ailleurs. Je reste seule, assise sur mon tabouret, la peau d'oignon sous les ongles. Ils colorent mes doigts de violet.

– Je sais que c'est ta sœur. Je sais que vous avez ce lien, bref, je sais, je sais. Mais pourquoi est-ce qu'il faut toujours qu'elle soit là ?

Le ton est excédé. Je compte les lignes du carrelage. Chuchotements inaudibles. Anna est furieuse.

– Oui, pas toujours mais presque. Tu te rends compte, Anna ? Et moi ?

Je laisse tomber les oignons dans la salade. J'ai les yeux qui piquent.

– Et avec cette histoire de grange, c'est de la merde pour moi aussi. Je sais pas ce qu'elle a fait, moi.

Une colère sourde gronde dans ma poitrine. J'ai les mains qui tremblent, comment est-ce qu'il va oser revenir s'asseoir en face de moi ? Il doit savoir que je l'entends. La porte s'ouvre violemment, je jette un coup d'œil derrière mon épaule. Anna a le bras tendu en direction de l'entrée, elle est rouge, les yeux inondés de colère, la bouche pincée, rageuse. Simon ne tient pas son regard, blême.

– Vraiment, Anna, vraiment ?

– Casse-toi.

Il ouvre et ferme la bouche, on dirait qu'il imite de nouveau une perche. J'ai presque envie de rire. Il serre les mâchoires. Il refuse de me regarder, attrape sa veste, se retourne de nouveau vers Anna. Elle n'abaisse pas son bras, pointe la porte sans un mot.

Simon saisit ses chaussures, je vois qu'il hésite à les mettre, calcule mentalement le temps d'attacher ses lacets, non c'est trop humiliant, il frémit et sort sans même les enfiler. Anna claque la porte derrière lui.

Elle revient s'asseoir à table, les mains tremblantes.

– Quel connard, quel connard, quel connard.

La voix rauque, mais elle aurait pu le hurler.

Anna a vu les bleus sur mes bras.

Je lui ai expliqué que c'était un accident.

Elle m'a demandé de ne pas lui mentir. Sa voix m'a fait l'effet d'une gifle.

J'ai voulu répéter, mais j'ai éclaté en sanglots.

Les mots sont sortis seuls. C'était vraiment un accident. Ça arrivait de temps en temps. Les bleus sur les bras ce n'était pas grave, c'est les bleus dans ma tête qui n'allaient pas. C'est la violence de sa langue, de ses yeux, de ses mots, de ses soupirs, qui marquaient mon corps. Invisible. Je ne sens plus rien.

Qu'une douleur sourde.

Tout est sorti d'un coup.

Je lui ai dit. Sa capacité à m'empêcher de dire non, les insultes, l'apitoiement, les «j'en ai rien à foutre de toi, t'es pas assez intéressante pour moi, je t'aime, tu comprendras jamais, t'es incroyable, te mêle pas de ma vie, ça a jamais été rien d'autre que physique entre nous, j'en ai rien à foutre – qu'est-ce que tu saisis pas».

Je suis à des milliers de kilomètres de mon propre corps.

Des larmes de rage ont coulé sur le visage d'Anna. Les dents serrées.

Je le hais.

Je le hais.

Je le hais.

J'ai laissé mes pensées vagabonder sur le papier, les pages du carnet se sont remplies, aérées, le stylo noir a dessiné des mots en suspens. Des vides. Des silences. Tout s'est déversé d'un coup, une pensée attachée, fumeuse s'est déposée avec l'encre.

Le minuscule cahier est devenu réservoir.

Et sous mes yeux, là, s'allonge ce qu'il y avait dans ma tête, sous ma poitrine, au fond de ma gorge. Les mots viennent seuls, je n'ai pas besoin d'y penser qu'ils sont déjà écrits. J'en ai presque peur, je ne peux plus m'arrêter.

Toutes ces choses que je ne savais pas.

Elles sont désormais là.

Elles n'appartiennent pas à quelqu'un d'autre, ce sont les miennes.

L'encre ne sèche parfois pas entre les pages.

Tout se mélange.

Se reflète.

Ça n'a plus d'importance.

Les mots sortent.

Je détache les yeux de mon écran, distraite par quelque chose devant ma fenêtre. Il neige. C'est impossible, il fait quinze degrés. Je regarde mieux et je comprends que ce sont des pollens jaunes qui s'envolent avec le vent. Il y en a des centaines, ils traversent la rue en prenant possession de l'air, ils tournoient en déposant leur couleur solaire. Je croise le regard d'un ouvrier sur sa grue, lui aussi sourit en regardant la neige d'avril.

— Donc vous ne pouvez pas me rendre l'argent ?

La voix du garçon tremble un peu. Sous ses lunettes épaisses, ses yeux fuient mon regard. Je réitère ma réponse.

– Non, désolé, c'est comme je vous ai dit. On peut soit vous faire un bon du même montant, soit vous pouvez l'échanger contre un autre article.

Il regarde avec dégoût le sac rouge qu'il a déposé à la hâte sur le comptoir. Pourtant c'est un joli modèle, je ne comprends pas pourquoi il est aussi nerveux. Il se met à jurer à voix basse. Mes épaules se tendent et je retiens un soupir en me tournant vers la cliente qui attend à côté. Elle me lance un regard de compassion en payant sa pochette. Je lui souris. *Merci beaucoup, bonne journée, au revoir.*

Retour au jeune garçon qui tourne en rond, ses mains qui tirent ses cheveux. J'ai un peu pitié de lui. Je me demande s'il a des problèmes d'argent. Il ne doit avoir que quinze ou seize ans. C'est un sac qui coûte cher.

Je lui propose de regarder d'autres articles pour l'échange, voir si quelque chose pourrait lui plaire. Ses lèvres tremblent, il jette un vague coup d'œil autour de lui et fait signe que non.

– Mais qu'est-ce qui va pas avec ce sac ? C'est la couleur ? je demande avec précaution.

Il ouvre la bouche puis la referme avec peine. Il est devenu blanc. D'une main agitée il ôte ses lunettes et d'un coup il se met à pleurer. Je suis pétrifiée. Des larmes coulent sur ses joues rondes, se mêlent au liquide qui sort de son nez. Il se liquéfie sous mes yeux. Puis il arrive enfin à articuler :

– C'était un cadeau pour ma copine, mais elle m'a quitté.

Il paraît soudain minuscule. Le ticket de caisse date d'il y a trois jours, la rupture doit dater d'aujourd'hui. J'observe mieux l'emballage qu'il a déposé à côté du sac sur le comptoir. Un papier holographique froissé, des rubans de soie et une carte où il est inscrit « Seize ans, je t'aime ». Je connais tellement sa douleur que j'ai envie de le serrer dans mes bras.

– Je suis désolée. Je comprends, vraiment, je suis désolée.

Il me demande encore si ce n'est pas possible de simplement lui rendre l'argent. Je déteste jouer à la vendeuse, mais je dis :

– Tu pourrais te faire un cadeau à toi-même, ce serait une bonne revanche. C'est important de se faire plaisir aussi, non ?

Il hésite, je lui montre notre sacoche la plus à la mode. Entre deux mouchoirs il l'essaie, il se regarde dans le miroir. Je lui dis qu'elle lui va bien. Je vois les larmes qui perlent régulièrement dans ses yeux, il repose la sacoche. Il panique de nouveau, fait des tours sur lui-même, demain il a l'école, il n'habite pas en ville en plus. J'ai envie de lui dire de se calmer, ça arrive à tout le monde les ruptures, il s'en remettra même si ça paraît impossible là tout de suite. Faut pas angoisser comme ça.

– Donne-moi ton numéro, j'expliquerai la situation à ma responsable et elle t'appellera demain, d'accord ?

Il me remercie. Dehors, le soleil brille. Une rupture quand il fait beau double la violence du geste. Je suis tellement reconnaissante de ne plus être à sa place. La porte se referme, je suis seule de nouveau, la boutique chargée d'émotions et de mouchoirs humides.

La porte s'ouvre, le garçon est de retour. Il claque le sac rouge contre le comptoir et me regarde droit dans les yeux.

– Je vais prendre la sacoche pour moi.

Je lui souris.

– T'as bien raison.

– Vous pouvez jeter ça, s'il vous plaît ?

Il me tend l'emballage holographique et les rubans.

– Et ça ?

Des deux mains, il déchire la carte d'anniversaire.

On marche rapidement. Des frissons le long de l'échine. Les pieds trempés par le gel de la nuit. Derrière nous, les craquements plus forts. Le nez froid. Le néant dans la tête. Un concert de mille voix que je n'entends plus hurle dans mes pensées. Le silence règne. Sauf les craquements. Les ronronnements. L'odeur. Douceâtre. Rassurante. Nauséabonde. Le vertige. L'absolu profond vertige. Nos souffles saccadés. Vite. Le choc.

La pleine lune dessine nos ombres sur l'herbe.

Ou peut-être que ce sont les flammes qui peignent nos ombres sur l'herbe.

L'idée a germé doucement mais fermement. Elle a fini par s'imposer. Je vais déposer ma candidature. Après tout, pourquoi pas ? Des textes, des poèmes, tressés, tracés, en vrac. Je pourrais les ordonner. Puis les envoyer. Avec ça je remplirai autant de pages qu'ils le souhaitent, sans avoir à soupirer. C'est décidé. Puis on verra bien. Un master en création littéraire.

– Paris, c'est loin.

– Mais ce n'est pas si loin.

Ses yeux cherchent les miens. Ils comprennent. Je noue nos mains. Anna me sourit.

Dans le reflet de la vitre, les visages se mêlent aux barres métalliques et aux sièges déserts. Vingt heures trente-trois. J'ai l'estomac vide et les pensées à la dérive.

La musique dans mes écouteurs prend le dessus. Simplement les paroles et les soupirs des portes qui s'ouvrent et se referment. Les lumières blanches strient le métro de long en large, les odeurs viennent puis s'en vont. Les after-shave épuisés, la transpiration acide, la cigarette froide, les parfums épicés, la friture bon marché, le cannabis mêlé au chewing-gum à la menthe.

Je suspens ma respiration.

Cette dernière odeur, sucrée, fraîche. Accompagnée par celle de la térébenthine. J'ai les mains moites. Quelqu'un s'est assis en face de moi. Je sens sa chaleur. Sa présence. Cette odeur.

Je refuse de regarder le visage face à moi. Les yeux rivés sur ses grands pieds, sur ses baskets.

Usées. Constellées de minuscules gouttes de peinture orange. *C'est pas grave, on dirait des étoiles.*

Son corps paraît vibrer, pourtant il est immobile. Sauf cette jambe qui tressaute nerveusement. La distance entre nous se mesure en centimètres. Je dois halluciner. Je m'imagine glisser de mon siège, me dissoudre contre le sol, mais je suis bien là. Je reste là. Je tourne la tête vers la vitre, comme au ralenti, comme si le monde se détachait millimètre par millimètre et dans le reflet, je plonge directement dans ses yeux verts.

C'est lui.

Il me regarde sans ciller. C'est la première fois depuis quatre cent soixante jours que nos regards se croisent. Noués.

Il n'a pas changé.

Nos deux visages sont tournés vers l'extérieur, sur la fenêtre du métro, pourtant nos yeux ne se lâchent pas dans le reflet.

J'oublie de respirer. Les secondes se transforment en millénaires.

Le bruit des portes qui s'ouvrent. Il détourne brusquement la tête et sort.

Entre les ombres nocturnes, une forme se dessine sur le plancher de ma cuisine. Je m'en approche doucement. On dirait un papillon. Qu'est-ce qu'il fait là ? C'est encore trop tôt, il ne fait pas assez chaud dehors. J'espère qu'il n'est pas mort. Son corps frémit sur le sol. Je n'ose pas faire un pas de plus. Il a l'air violet, une couleur sombre et dense, pourtant il paraît si léger. Je m'agenouille entre les rais de lumière qui filtrent de la fenêtre. Peut-être est-ce un rescapé du lampadaire.

Mes genoux sous mon corps s'adaptent au plancher froid. Je laisse mes ongles ruisseler entre les rainures du parquet. Ne pas souffler trop fort, il semble si fragile. Je ne voudrais pas le blesser.

Il ne bouge plus.

Je me penche doucement sur sa silhouette.

Ce n'est pas un papillon.

C'est une feuille d'oignon rouge.

La fine pellicule s'envole avec mon rire dans l'appartement désert.

Je l'ai vu tout de suite en entrant dans le métro. Je ne peux pas dire que je ne l'avais pas cherché. J'ai compté les portes la dernière fois. La troisième depuis le fond, les deux sièges face à face sur la droite. Je n'aurais pas dû compter, je ne sais pas ce que ça dit de moi. Je n'aurais pas dû de nouveau me diriger droit vers cet endroit, je ne sais pas ce que j'y cherchais. Je me suis dit qu'il n'y aurait rien. Pourtant il y a quelque chose.

Le souffle coupé. Le cœur éclaté.

Sur la vitre sombre où nos yeux se sont rencontrés la dernière fois, des lettres à la peinture jaune. Un graffiti.

Je suis désolé.

Anna a les yeux rivés sur la route. Les jointures de ses doigts blanchissent autour du volant. Il y a des choses qu'on tait. Des secrets qui n'existent pas. Comme les choses s'alignent parfois. Les intentions meurent le long du chemin mais le destin a déjà tout pris en main. Il y a des coïncidences auxquelles on ne peut pas croire, tant elles sont énormes.

La route noire, les bandes réfléchissantes sur le béton. En boucle. Je tremble. L'odeur bloquée dans le nez. Est-ce que c'est nous qui l'avons fait ? Dans la nuit, une seconde, une paire d'yeux verts dans les fourrés. Un lapin, un renard, un chat. Je perds les proportions. Anna arrête la voiture, je vomis.

– Comment vont mes gémeaux préférées ?

Anna et moi sursautons d'un même geste, Lucie éclate de rire et glisse ses bras autour de nos épaules. Le soleil s'étire en direction du lac, sur la nappe de pique-nique les chips et les miettes de grillades forment des tableaux dans les assiettes en papier. Les serviettes en vichy rose, soigneusement choisies par Anna, sont désormais décorées par les traces grasses de nos doigts. Je m'allonge dans l'herbe à côté de Raffaelle.

– Il fait vraiment bon ce soir.

– Il fait chaud rien que pour vous, cadeau d'anniversaire.

On rit.

– Qu'est-ce que ça te fait de vieillir comme ça ?

– Coup dur.

– Coup dur. T'as des nouvelles pour ton master ?

Je souris, les yeux fermés. Les boucles de ses cheveux viennent chatouiller mes coudes.

– Je devrais recevoir une réponse la semaine prochaine.

Les cris et les rires s'accentuent, un peu plus loin. Elisa s'est mise à danser avec Sarah et Anna. Le ciel dérive dans les roses et les moucherons dansent au-dessus de nos têtes. Partout autour de nous, d'autres petits groupes font la fête aussi. Anna nous raconte comment Simon s'est pointé ce matin à sa porte avec un bouquet de fleurs, on rit plus qu'à un spectacle d'humoriste, mais on rit moins quand elle avoue que peut-être il viendra dormir chez elle ce soir.

– Juste comme ça, rien de sérieux, ça va quoi.

L'odeur de l'herbe neuve se mêle à celle des cigarettes et des bières fraîches. Je me sens tellement aérienne que je pourrais me mettre à flotter si je n'avais pas mangé autant de merguez.

Le gâteau fait son apparition surprise, chocolat-caramel pour moi et fraise-crème fraîche pour Anna. Les bougies se répartissent entre les deux moitiés pour qu'on puisse chacune souffler les nôtres. On fait sauter le bouchon de la clairette et on s'embrasse les unes les autres.

Anna s'assied à côté de moi et on rit en entendant le concert désaccordé de «Joyeux anniversaire». Sa main saisit la mienne, je sens un morceau de papier entre nos paumes. On se sourit, elle a les yeux qui pétillent dans le coucher du soleil. On y est arrivées. Je ferme les miens et d'un même souffle on éteint le gâteau. J'ai fait un vœu.

Sur le papier plié qu'Anna m'a donné, une seule phrase.

– Maintenant tu sais tout, elle chuchote.

Je la serre dans mes bras, même si elle déteste ça. Je me sens légère à l'infini, mais je n'ai plus peur que le vent m'emporte. J'ai les pieds ancrés dans le sol. On s'élance toutes dans le lac, certaines rebroussent chemin en courant. L'eau électrise mes orteils, mes jambes, mon ventre, mes reins, ma poitrine, mes clavicules, ma nuque, mon visage, mes cheveux. Je remonte à la surface, les lèvres bleues, et je ris tellement que j'avale une gorgée de lac.

Entre mes doigts, le papier s'est dissous.

On a voulu tout brûler, mais tout brûlait déjà.

Citations

La citation à la page 64 est tirée une chanson de Noir Désir, *Le vent nous portera*.

La chanson citée à la page 79 est *Sex money feelings die*, de Lykke Li.

La citation à la page 114 est tirée de *Parfum quartier*, de Jul.

Remerciements

Je remercie Delphine Cajeux, pour sa confiance et son engagement, et Noëlle Revaz, pour ses précieux conseils.

Je remercie ma mère et première lectrice, Claire de Ribaupierre, pour son soutien inconditionnel, ainsi que Lisa, qui, en plus d'être ma sœur, est ma meilleure amie.

Pour leur présence, leur amour et les rires partagés, je remercie Alice, Fanny, Juliette, Maëlle, ainsi que mon père Massimo, mon frère Romeo, mes grands-parents et toutes les personnes solaires qui m'entourent.

Je remercie Flavia Cocchi pour sa générosité et le graphisme de la couverture.

Je remercie également l'Institut littéraire pour trois années passionnantes et pleines de bienveillance.

DANS LA MÊME COLLECTION

Mélanie Richoz, *Tourterelle*, 2012
Christian Vellas, *La corneille Bonaparte*, 2012
Mélanie Richoz, *Mue*, 2013
Mélanie Richoz, *Le bain et la douche froide* (nouvelles), 2014 (2e éd., 2018)
Christian Vellas, *Le roi de l'île Trouvée*, 2014
Mélanie Richoz, *Un garçon qui court*, 2016
Christian Vellas, *Qui a mangé mes enfants ?*, 2016
Mélanie Richoz, *Le bus*, 2018
Eugène, *Le mammouth et le virus*, 2020
Mélanie Richoz, *Contre-la-montre*, 2021
Mélanie Richoz, *Mouches*, 2022
Fanny Desarzens, *Galel*, 2022 ; Prix suisse de littérature 2023/Prix Terra Nova 2023 de la Fondation Schiller
Christian Vellas, *Au plus profond du moins profond* (nouvelles), 2022
Eugène, *Lettre à mon dictateur*, 2022 ; Prix Suisse de Littérature 2023/Prix du Roman des Romands 2023/Prix des libraires Payot 2023 et de la Fondation Pierre et Nouky Bataillard, catégorie « roman suisse »
Joël Jenzer, *Le garçon qui ne prenait jamais de but*, 2022
Mélanie Richoz, *Nani*, 2023 ; Prix du public RTS 2023
Fanny Desarzens, *Chesa Seraina*, 2023 ; Prix Ève de l'Académie romande 2023
Serge Bimpage, *L'île pommelée de moutons blancs*, 2024
Sylvie Cohen, *En mal de mère*, 2024
Fanny Desarzens, *Ce qu'il reste de tout ça*, 2024
Anne-Frédérique Rochat, *Le Trouble*, 2024

Pauline Desnuelles, *Renarde*, 2025
Olivier Jochem, *Un étrange Nobel*, 2025
Walter Rosseli, *Glace morte*, 2025

Collection dirigée par Delphine Cajeux

Cet ouvrage a été imprimé sur du papier certifié
FSC BioTop de Papyrus Suisse.

Achevé d'imprimer en 2025
sur les presses de l'imprimerie Slatkine
à Genève (Suisse).